文豪たちといっしょに猫を探す

和日本文豪
一起寻猫去

◎

〔日〕柳田国男 等著

林佩蓉 译

外语教学与研究出版社

北京

文豪たちと一緒に猫訪ねに行く

目录

◎ **写在前面**

◎ 辑二　　　喵星人剧场

谁的召唤？掉进猫咪的异世界

廖秀娟
（日本大阪大学博士）

　　猫是人类最早驯养的动物之一，据传猫与人类的关系始于五千年前：古埃及人为了杜绝老鼠窃食粮仓中的谷物，将利比亚地区的野猫驯养成家猫。然而古埃及人发现猫除了会抓老鼠、保护粮仓之外，亦善于捕捉毒蛇，便将猫视为圣兽。他们深信夜晚时太阳的光芒藏于猫眼中，猫的瞳孔随着光线强弱发生变化，可在夜晚行动无碍，安然渡过阴间冥河。古代神话中太阳神拉之女——猫首人身的巴斯太特女神便以猫为化身，受人崇拜。

　　而日本猫咪的出现则普遍被认为与佛教的传入有重要的关联。学者中西裕指出，在《愚杂俎》一书中作者田宫仲宣曾撰写道："大船中鼠患严重，运送古佛经之时，为防范船中之鼠，便让猫乘坐船中。这乃是担忧《大藏经》为鼠所啮。"原来为了防范船中老鼠啃食佛经，便让猫登船随着佛教传入日本。

　　民俗学家柳田国男在《流浪猫观察记》中，不忘民俗家考究的本性，提到日本文学史中两部提及猫咪的经典作品：一部是平安时期由清少纳言所撰写的随笔文学《枕草子》，其中讲到了"御猫与翁丸"的故事；另一部则是紫式部的经典之作《源氏物语》，在"新菜"和"新菜续"中讲述了三公主与柏木的私通事件。日本进入平安时代中期以后，以宫廷为中心的贵族社会流行饲养猫，特别是以优雅凛然著称，从中国引进的珍贵唐猫。此时的猫早已失去了捕捉老鼠的实用性，俨然成为贵族的珍爱宠物。在《枕草子》第七段中，备受天皇疼爱的御猫"命妇"官拜五位，可登圣殿议事，并有专门的乳母照顾，受宠至极。某日此猫被天皇御犬翁丸追赶，惊吓之余逃入御帘中。天皇得知爱猫受到惊吓后震怒，将翁丸责打至遍体鳞伤浑身是血，之后又将其逐出皇居御所，乳母更是被贬职撤换。这场猫狗大战让人联想到本书收录的作品梦野久作的《猫贼》，但与翁丸、乳母的命运相反，《猫贼》中的狗儿红太郎帮助女佣洗刷了偷窃牛肉的嫌疑，使其沉冤昭雪。然而在现实生活中，高贵美丽、纤细得令人怜惜的猫儿仍旧稳坐日本人膝上被悉心呵护，如同心头肉一般被捧在手心上。

　　《源氏物语》"新菜"和"新菜续"中，猫咪则成了成就恋爱的使者、情人的化身，逐渐具有拟人之姿。在六条院蹴鞠之日，三公主所养的唐猫被大猫追赶，跑出了御帘。绑在猫儿身上的线与御帘交缠，不小心掀起了御帘一角，无意间让柏木看到了已经许配给源氏为妻的三公主的容貌。他被三公主的美貌夺去了心神，将唐猫唤过来紧抱，埋首细细品闻通过猫儿传递而来的三公主身上的淡淡香气。在"新菜续"中，柏木取得了三公主的唐猫，夜晚与唐猫同床共枕，白天对它用心呵护、悉心照顾。唐猫就像柏木对三公主爱情的象征、恋情的标尺，更是三公主的化身。借此可以看到猫咪被比拟成女人，成为心仪女性的替身。

除了上述两种形象之外，江户时期，人类还因猫咪的神秘性产生了对猫的恐惧，由此出现了具有妖邪之气的猫妖形象。它们还被人画入浮世绘中（参见歌川国芳《猫饲五十三图》中"冈崎之猫"）。猫跃然一变，成了人们恐惧的对象。有关于猫妖的描写初见于《今昔物语》第二十八卷大藏大夫藤原清廉怕猫的故事中。十二世纪中期日本出现的野猫，极大地改变了人类与猫咪的关系。人类饲养的猫咪大多依赖人类喂食，对人类社会抱有极大的信赖。然而野猫却非如此。它们既不依附人类，也不相信人类，对于人类只抱有难以抹去的戒心与敌意，做出耸背、竖耳等准备攻击的姿态，让当时早已习惯唐猫优雅、楚楚可怜身影的日本人难以招架，也无法理解。野猫的野蛮行径与无以名状的恶意让人心生恐惧与畏怯。由此，猫儿幻化成令人畏惧的猫妖，变幻无形，自由往返于现世与异界。据传最有名的猫妖"猫又"，是由年长的猫幻化而成，具有妖性。猫尾一分为二，有时会头盖手巾，高举猫爪跳舞，幻化成人形后扑食人类。

时间到了近代。近代小说家爱猫、写猫的程度绝不亚于前人，例如夏目漱石在《猫之墓》一作中提到，家中的爱猫（《我是猫》中的无名猫）过世时，他将它的遗骸放入木箱，埋于庭院北侧樱花树下，亲笔撰写碑文，隔日向友人、学生发送爱猫的死亡通知；谷崎润一郎的《猫与庄造与两个女人》中，恶猫莉莉宛若将男人玩弄于股掌之间的恶女一般；内田百闲在《诺拉》中，泪流不止频频呼唤走失的爱猫诺拉。而本书所收录的作品亦延续了上述源自古典文学的猫的三个面相。

随笔《鼠与猫》《小猫》的作者寺田寅彦是日本二战前的一位物理学家，同时他还以夏目漱石在熊本第五高等学校任教时的学生而为人所知，漱石作品《我是猫》中的科学家水岛寒月和《三四郎》中的野野宫宗八都是以他为范本塑造而成。他曾撰写过多篇有关自家爱猫三毛与小玉的随笔。在本书所收录的《鼠与猫》和《小猫》中，他详细地说明了原本不爱猫的自己为何养起了两只猫。作品细腻地描绘出三毛与小玉的可爱模样，也让宣称不爱猫的作者完全臣服于猫掌之下的"猫奴"模样全然呈现。

另一位描写猫儿聪颖机灵模样的作家，是大正时期的宫原晃一郎。明治十五年（1882年）九月他出生于鹿儿岛，因父亲辗转调职数次搬家，十岁到三十四岁期间皆在北海道度过。他自小体弱多病，无法至大学求学，仍奋发向上，自学多国语言，成为翻译北欧文学的重要译者。他在小樽新闻社担任记者期间，认识了时任东北帝国大学农科大学（北海道大学的前身）的讲师有岛武郎，在大正五六年间有岛武郎的日记中，时常可以看到宫原晃一郎的名字以及彼此往返的书信。宫原晃一郎有总计五十四篇作品发表在儿童文学杂志《赤鸟》上。他初期多以鹿儿岛的民俗故事为素材，后期则以彩虹猫为主角，创作了一系列的童话故事，本书共收录了两篇，分别是《彩虹猫的读心术》和《幸坊的猫与鸡》。在《幸坊的猫与鸡》中，猫咪小黑除了头脑聪颖之外，仿佛空间的使者般，在空间中来去自如，这和宫泽贤治的《橡实与山猫》有相似之处。猫如同异界的守护者，将人类带往异世界。《橡实与山猫》男主角一郎收到来自山猫的奇怪明信片，希望他来裁决大会帮忙，就在他到达后，山猫出现了："风呼呼地吹了起来，整片草原如波浪般舞动"。风如同异界的向导，引领一郎前进。

然而，若要说到一不小心走进猫的异世界，一般人会马上想起吉卜力工作室推出的动画《猫的报恩》。在一大群猫的强行带领下，女主角小春被带往猫国，开启了在猫国的生活，舒适的生活让她忘了返家，但是若不及时返回，就将永久变成猫。相同的故事结构在诗人萩原朔太郎的作品《猫町》中也可以看见。朔太郎在他的诗集《青猫》中，以猫的身影来讴歌建构在虚幻中的都市空间；短篇小说《猫町》则是一篇具有幻想性散文诗风格的作品：在一成不变的生活中作者通过猫的幻影袭来，重新思考自身的生活与宇宙。故事中前往北越温泉小镇的"我"突然失去了方向，走进了一条美丽的繁华街道。但是就在万象静止、空气凝结之时，世人难以想象的恐怖异象发生了："猫、猫、猫、猫、猫、猫、猫，不管望向何处，都是猫"。幻化成人形的猫像是要淹没整条街道般，大量地涌出，而下一瞬间又从"我"眼前消失。"我"眼中看到的，究竟是幻觉还是现实？这些猫是不是幻化的猫妖呢？

说到猫的恐怖氛围，丰岛与志雄发表于1948年12月的作品《弃猫坡》是一篇充满恐怖气息的短篇小说。弃猫坡是一座斜坡的名称。此坡原本无名，但因时常有人将死去的小猫与病猫丢弃在此，所以得名弃猫坡。坡旁刚好是医院存放尸体的太平间，这个坡道虽是一条可让人行走的路，却因两旁杂草丛生、垃圾高堆，显得格外阴森。战争期间因空袭的缘故，太平间的建筑被炸弹炸开，往内一看就可看到地下室的池水中尸体堆积如山，有的焦黑干瘪，有的弯折扭曲。空气中弥漫着恶臭，而这尸体的恶臭与久卧病榻的母亲身上的味道相仿。地下室中的异味与母亲病房里的味道混在一起，尸体的幻影与母亲的身影交错，作者通过对空气中异臭的描写，突显出战败后弥漫于日本空气中的无奈与颓败感。

在日本宣布战败的第三天，1945 年 8 月 17 日，作家岛木健作因病逝世，久米正雄在岛木的床前悲伤低语："这是一个时代的死亡。"岛木晚年的短篇集《出发前》总计收录了十三篇作品，其中 1945 年 11 月发表的《黑猫》与 1946 年发表的《赤蛙》为遗稿。短篇作品中，有关动物的短篇获得了高度评价，展现出截然不同的世界观，其中最令人印象深刻的作品就是《黑猫》。因病卧床的"我"某日读到描写欧亚猞猁性格高傲的文章，几日后有只像欧亚猞猁般高傲的黑色野猫在家附近徘徊，黑猫不同于看人脸色乞食的家猫，它在食物短缺的时代虽然饥饿，但从不摇尾乞怜，态度凛然不卑不亢。某日堂堂正正夜袭厨房，准备偷窃食物的黑猫被家人制服，落入母亲手中，"我"虽想替黑猫求情，但是终日躺卧病床的"我"实在难以开口。就在自己因体弱午休之际，黑猫被母亲处理掉了。战争年代物质匮乏，人们已经毫无余力也无多余的食物来饲养猫咪，将之当作宠物般疼爱，街上也尽是被抛弃的野猫野狗。然而这只大黑猫即便处在生命的边缘，仍不失孤高的尊严，这份自恃让它得到主人公的尊重。故事中的黑猫是岛木理想的化身，象征着战时不放弃理想，不对困难轻易妥协，为理念奋战至极限的理想人物。

　　本书收录的十篇作品，写作时间跨越明治、大正与昭和三个时代，从战前延续至战后。不论是甜美可爱的猫咪三毛和小玉，还是聪敏机智、计谋多端的彩虹猫；不论是驾车四方奔走为森林成员裁决的大山猫，还是傲气凛然的大黑猫，书中应有尽有，欢迎细细品味近代文学作品中猫咪的千变万化。

假如世界上
只剩下猫……

◎

一緒に猫訪ねに行く

流浪猫观察记

柳田国男

    关于猫与人类之间最初的往来，以及这种动物的分布情况，至今仍有许多尚未阐明的历史渊源。然而，从猫的角度来看，基于某些无可奈何的偶然因素，它们的文化还处于巨大的变动中。

柳田国男

(1875—1962)

◎

　　民俗学家，日本民俗学创始
人。出生于兵库县，原姓松冈。
少年时期熟读诗文，倾心于自然
主义文学，与国木田独步、岛崎
藤村等作家深交。毕业于东京帝
国大学政治系，随后于日本农商
务省任职，并担任早稻田大学农
政学客座讲师。1908 年前往九州
岛山区、岩手县远野地区进行田
野调查，深受当地民间传说吸引，
开始着手民俗学研究。1932 年辞
去工作后投身民俗学，不仅创立
"日本民俗学会"，还确立民俗
学为正式研究科目。1951 年获日
本文化勋章。出版有《远野物语》
《桃太郎的诞生》《蜗牛考》等
代表作。

一

　　朋友住在瑞士。有一天年迈的日语女教师一反常态地哭丧着脸
来到他们家。当时市内的养狗税正准备要提高三成左右。"以我们的
家境，实在付不起这次的税，之前也是勉强为之。今天一早我们就
把它送去政府机关了。"女教师说着说着，眼泪又哗啦啦地往下落。

　　政府机关指的是扑杀犬只的机关。和东京等地不同，在瑞士没
有饲主帮忙缴税的狗，就没有存在的余地，一条都不例外。如果不
扑杀，免不了会在街头看到成堆饿死的流浪狗；想把"流浪狗"这
个词解释清楚不是一件容易的事情。时至如今，养狗的文明也在逐
渐进步，即便如此，在日内瓦等城市里还是能看到很多狗在游荡。

　　养狗的人之中，有不少独居者，经常能见到和狗说话的老人。
从三楼、五楼的窗户探出头来，也不吠叫，只是望着过路人的狗多
得数不胜数。雨势暂歇时分，人们急急忙忙出门，只为带狗出去散
步的情景也屡见不鲜。主人偶尔一个人外出时，常有狗不知所措地
在门口等待，样子楚楚可怜。主人旅行或生病时，也有可以暂时安
置狗的寄宿旅店，但由于价格高昂，加上主人放心不下，所以尽量
会不去旅行。

　　猫咪的境况又是如何呢？仔细观察，就会注意到，首先是没有

养猫税。即便如此，人类饲养的猫咪数量似乎也远少于狗。日本人的既定印象中，狗是人类的仆人，而猫则是真正的家畜，是住宅的附属物。如果需要锁上门外出，只把猫咪留在家中而主人一个人出门恐怕不行。而如今又有了驱赶老鼠的新方法，因此一般来说，人们会倾向于疏远猫。

三公主[1]与御猫命妇[2]这两个有名的逸闻，或许早已成为难以用三两句话解释清楚的古老故事了。在日本，有很多饲主认为如果太宠幸猫咪，它们就会不再抓老鼠，而是日复一日地吃着鲍鱼壳[3]里的食物虚度时日，因而打消了宠猫的念头。在丝毫不见老鹰与乌鸦到访的城市里，人们看到被碾碎的老鼠长时间横尸街头，又会发挥丰富的想象力，觉得到处都是猫咪的食物。就算没有我们的爱护，猫再怎么样也能生存。如此一来，人与猫之间的关系渐行渐远也是理所当然。

1　三公主是《源氏物语》中的人物。三公主已经嫁给源氏，有次却因猫咪拉扯帘子，导致柏木不经意窥见三公主在闺房中的景象，并对其产生爱慕之情。(本文所有注释如无特殊说明均为译注。)

2　命妇原为日本古代的女性官职，在日本古典文学著作《枕草子》中，猫咪被取名为命妇，并加上"御"的尊称。这是日本史上为猫取名字最早的记载。

3　江户时代的浮世绘画到猫咪时，经常以鲍鱼壳为猫碗，描绘猫咪正在吃碗里食物的画面。

二

　时隔许久，我再次来到水城威尼斯的达涅利饭店游玩。听到经理对某位老太太说，饭店的地下室因为生活着许多流浪猫而相当出名。有人把这个奇妙的事件当成卖点，饭店也把它当成趣闻，写在了派发的手册上，并表示如果想要前往探访，酒店还会代为安排。不难想象，位于威尼斯的地下室仓库会有多重的湿气，而在阴暗的角落，居住着不知道繁衍了多少代的野兽般的猫，其数量之多难以计算。而且据服务生说，饭店每天都会放一定量的食物在地下室入口处，所以它们也不全算是流浪猫，但是再怎么说也不是养在家中的宠物。

　听闻这件事后，我想起了日本商家的习俗。他们会把猫的玩偶摆在坐垫上，称之为招财猫。我觉得很有趣。庄严气派的达涅利饭店以猫作为宣传手段不知从何时开始，不过在那些古旧的饭店中，又有多少间地下室仓库里没有猫呢？人类只是把食物丢在那里，却没有人照顾它们，最后猫除了躲进地下室不断繁殖，别无出路。毕竟没有猫咪会像深感世事无常而隐居山林的祇王、祇女[1]一样，无端地怨恨主人。

1　祇王、祇女是日本平安时代的人物。《平家物语》中曾描写祇王、祇女是姐妹，拥有曼妙舞姿。祇王原本备受地位崇高的平清盛疼爱，后来则失宠，和祇女及母亲出家为尼。

像古都罗马这种冬天很温暖的地方，不只是流浪者天然的藏身处，同时也是无家可归的猫咪的乐土。或许已经有人在游记里写过，从古罗马广场开始，市内毗邻的大小遗址，全都是它们的领土。无论什么时候前去，圣火神殿倾倒的石柱上面，刚挖出不久的旧王陵墓里面，必定会见到它们看到人类时仓皇窜逃的模样。像卡比托利欧山的北麓，罗马帝国皇帝的纪念碑旁，留有宏伟遗迹的图拉真广场那样的地方，周围都是难以攀爬的高耸石壁，数十只流浪猫经常在那里悠闲地玩耍。它们大概是以青蛙或蜥蜴为食吧。每只猫咪都不倚靠人类，看起来就像是自在地建构出了一个崭新的社会。由意大利的特殊环境所促成的猫族的共同生活，将来又会如何发展呢？未来想必会有人前来探访这座古老的城市，仅仅是为了想知道这个问题的答案吧。

三

关于猫与人类之间最初的往来，以及这种动物的分布情况，至今仍有许多尚未阐明的历史渊源。然而，从猫的角度来看，基于某些无可奈何的偶然因素，它们的文化还处于巨大的变动中。而且在我看来，即使相隔千山万水，分布在世界各地，猫这个种族的每一个个体都会经历共同的变化。

回到东京后，我发现家中同往常一样，从以前就待在这里的流浪猫一家仍旧和我们一家子共同生活。它们的特征是拥有白底红褐色的斑纹，脸部相对扁平；这些猫咪一代接一代地传承下去，到了这一代，斑纹的位置也没有出现太多的变化。远在我们家大女儿出生前，它们就住在这里，而且应该不是从屋里移到户外的。我对一开始来我家缘廊 [1] 定居的第一代母猫隐约还有些印象。它应该是因为什么误会才离开了原本的饲主，来到我们家的。随着年纪的增长，它的脾气变得越发暴躁，一副不讲理的样子，经常完全无视我们，从庭院前走过。这副脾性导致我们只要看到它，便丝毫不敢怠慢。如此一来，它获得充足食物的技能，不知要比家猫好上多少倍。

到了春天，这只母猫出门玩耍时总会大声地叫唤。过了一阵子，不知道从哪里传来了小猫微弱的叫声，而躲避着人类的母猫，眼神变得更加狰狞。又过了几个月，可以看到两三只可爱的小猫四处玩耍，每一只都有十分相似的红褐色斑纹。仔细一看不难发现，其中有几只小猫十分害怕人类，充满了恐惧。也有些小猫比较大方，会留在原地观察人类，如果距离较远，就会蹲着观察，如果人类对它们说话，它们就会喵喵叫以示回应。如果家中的父母不是太讨厌猫，也可以慢慢和几只小猫拉近关系后，再带回家喂养。

1　缘廊是日式房屋屋外的走廊，人们可以在此休息或观赏风景。

它们很快就全都长大了，变成让人头痛的猫贼，接着又生下了新的小猫。因为毛色相似，很难计算出到底有几代，但想来想去也有十几代了。不可思议的是，老猫的数量并没有大幅地增加，不知道它们是如何走到了生命的尽头。但小猫自不必说，即便是长大后它们的年龄大体也能够看得出来。总是年轻猫咪居多，多半是因为相较于家猫，它们的寿命要短得多吧。

因为没有饲主，这些猫咪看起来一副悠闲的模样。透过玻璃窗观察，它们一天里会在庭院来来去去无数次。有时它们会走近地上稀疏的树枝或草叶堆，独自玩耍。没有人在的时候，这些小家伙不但会跳到缘廊上午睡，有时还会悄悄地溜进客厅来。我只要一发出声音，它们就会立刻躲起来，但下雨天之类的日子似乎又很不甘寂寞，会跑过来好几次。如果拉门开着，它们还会往门里偷看，看到有人就喵喵叫。实在难以相信猫和老虎是同科的生物。

有只小猫在还没长大时，个性出奇温和且亲近人。家中的孩子为它取名为小玉，喂它吃东西，走出庭院时它还会走过来让我们抱，关系十分亲密。看起来似乎只有这只猫混入了其他族群的血缘，但是观察它的毛色，就会发现和其他猫极为相似的红褐色斑纹。即便遗传的过程会发生各种变化，它也是这个族群的一分子。又过了一段时间，它和人类的关系开始疏远，最后便和其他同类没什么区别了。

四

　　猫会逐渐离弃人类，其实早就能看出端倪。大致来说，人类与猫之间的联系，不如与牛、马、鸡、狗之间的联系那么紧密。从人的角度来看，猫咪的眼睛让我们不敢放下戒备，对它们完全放心。就像梅特林克在《青鸟》中所描写的一样，猫咪的举动难免让人怀疑它们心存愤恨，想要报仇。面对自私自利的人类，要说猫的奉献，也就只有抓老鼠而已，而且哪怕对待这项唯一的任务，它们也是一副懒洋洋的样子。

　　无论何时，猫的死亡都在我们的视野之外。有人说，养猫时，最好先对它宣告收养年限，如此一来，时间一到它就会自己搬走，而且只需对猫这么做，养狗就不需要。因此人们开始流传，老猫会幻化成妖，也有人相信它们会以深山为集合地，例如阿苏山的猫岳[1]。我曾听祖母提过，信州有个人长期卧病在床，便有猫来到病床旁，久久不愿离开。"猫真是讨人厌，让人感到不舒服。真想赶快好起来，把你丢掉。"那个人总是把这些话挂在嘴边。后来他终于完全康复，便用包袱皮包住那只猫，走出家门，准备把它丢掉。但从此以后，那个人也再没有回家。

　　1　猫岳是日本传说中的地名，传说猫岳上有猫妖幻化成人形，招待路过的旅人进屋歇息，一旦旅人在屋里泡了澡，吃了食物，就会永远变成猫。

也有很多传说中提到猫会说话。下面这个故事也是祖母说给我听的。有一个山中国度，每到春天，门外的路上就会有卖小鱼干的小贩边走边吆喝。某个静谧的日子，拉门外传来"小鱼干！小鱼干！"的叫卖声，和一般商贩的兜售声相比，声音又小又低沉。屋里的人感到不可思议，打开拉门一看，街道寂静无声，只有缘廊上有猫。大概是每次鱼干小贩来时就会喂猫吃些小鱼干，猫也学会了那叫卖声，模仿起来吧。

《新著闻集》[1]里也收集了几则猫说人话的故事。有只猫追老鼠时，从梁上失足摔下。掉到榻榻米上时，口中喃喃地念着南无阿弥陀佛。还真是一只老派的猫咪。另一个故事中，有个僧人患了感冒卧床睡觉，半夜有人进入隔壁房间，并传来打招呼的声音。于是，睡在被子一角的猫便悄悄起身走出去，小声说："方丈生病，今晚我不能和你一起出去了。"装睡的僧人听到它们的对话，隔天早上便平静地对那只猫说："不用在意我，去你想去的地方吧。"猫咪听了，便立马跑了出去，从此再也没有回来。

另有一个传说。有个人的手巾[2]时常被盗，仔细留意后，有次终于亲眼看见猫咪正叼着手巾，偷偷地溜走。惊慌之下他大叫一声，猫闻声冲了出去，再也没有回来。如果猫能够开口说话，它们或许会说，自己只是在模仿人类，披上手巾想要跳舞吧。"如果擅自把猫抓回家和其他家畜一起养，最后它的尾巴应该会分裂成两条吧？""尾

1　《新著闻集》是于 1749 年发行的传说故事集，书中搜罗了各地的奇闻逸事。
2　手巾是一种日式棉质布巾，可当作毛巾、手帕等使用。

巴那么长，感觉好诡异。"人们总有这样的想法，和猫相处时经常心有顾虑，因此最后猫咪总是疏远人类，又无法离开人类世界，便驻足在人们四周，形成小小的威胁。这样的状况，和北美以往遭受奴役的奴隶成长后，逐渐成为白人社会的难解问题，两者之间倒是有几分相似。

五

人类世界里，公的三花猫也很引人注目。除了因为稀有而珍贵以外，不知从何时开始，传说当海上波涛汹涌时，必须献上公的三毛猫给龙神，以破除这难解的灾厄。因此，即使要付出大笔金钱，船长仍会想办法买三花猫到手。以猫作为供品的古老传说，在其他民族也会不时听到，如果这就是人们一开始从深山里把这种动物带回住处的动机，那么它们幻化成妖怪也不是什么不可思议的事，会背叛人类也很正常。换句话说，人类和猫之间的交易已经结束，现在只是按古老的习俗行事，遇到的问题也是一些从古至今都未解决的问题而已。

至于没有尾巴的猫，在日本的文化史中似乎也是颇为重要的一项历史遗迹。[1] 它们没有尾巴，是像猴子等动物那样天生的呢，还是像现在的拉车的马或某个品种的狗一样，是出于人类的喜好而"改良"的呢？动物学家的说法有待证实，但就我而言，我比较倾向于后者。即使是人为因素造成的，如此一代一代地传承下去，便会成为固有的特质并且遗传给下一代。这样的例子在人类身上最常见到。在我们这一代人之中，耳垂上有孔的仍然很多。日本人废除戴耳环的习俗距今至少也有上千年，却唯有那道痕迹一代一代地遗传了下去。对外国人来说，日本的猫没有尾巴，这件事相当不可思议。"就像猫尾巴一样可有可无。"听到这句俚语，没有几个外国人不会感到讶异。看到外国人的反应，又换我们日本人感到愕然了。这难道不值得我们好好地思考一下吗？

说了这么多，其实是想讨论猫咪的尾巴。猫尾巴似乎可有可无，似乎又让人觉得理应要有。我们的祖先既然身为人类，做任何事都有其目的，这一点无须赘言。而他们把猫咪改造成没有尾巴的三花猫后，再把它们放逐到荒野，这到底有何用意？确实是没有任何误解，也并非出于自私，只是因为有先见之明，考虑到猫的幸福才这么做吗？忙碌的绅士们，恐怕永远也不会知道这个问题的答案。

就我所知，《太阳》杂志的记者滨田德太郎是第一流的"猫学家"。他的研究是以猫自身的心理为出发点，不知道在他看来，日

---

1 作者此处所说的应该为日本短尾猫，它是因基因突变而产生的品种，据传是一千多年前从中国或朝鲜传入日本的。本文写于 1926 年，受当时的科学发展限制，作者后文有些描述与现今的常识有所出入。——编者注

本猫咪大国的文化，其未来会是怎样，他的态度是乐观还是悲观。我希望以此为开端向他请教。目前我已将各项疑问都写清楚了，最后还想顺带聊聊日本各地方言中难以理解的差异与共性。在日本，有些县会称猫为"yomo"，也有些县会称狐狸为"yomo"。之所以会以"yomegakimi"[1]来称呼老鼠，或许是"yomo"的误传也说不定。日本有些地方也会把麻雀叫作"yomu"鸟。在南方诸岛，特别是冲绳，"yo-mo"指的是猴子。这些词给人的感觉都像是灵物或魔物，实际上却并非如此。对了，琉球已经没有那种名为"yo-mo"的猴子了。

1　"yomegakimi"原文为"嫁が君"，是指代老鼠的避嫌语。据说若是直接说出老鼠这个词，就会有不祥的事情发生。——编者注

黑猫

岛木健作

　　我想象如此剽悍的生物双眼炯炯发光，在库页岛的密林中徘徊的模样。它或许是整座库页岛上濒临灭绝的欧亚猞猁族类中，幸存的最后一只。这该是何等孤独啊！然而这份孤独，却并未伴随丝毫落寞的身影，有的仅仅是一股傲气与满满的斗志而已。

岛木健作

(1903—1945)

◎

　　小说家。本名朝仓菊雄，出生于北海道札幌。就读东北帝国大学法学部期间，积极地投身学生运动，之后舍弃学业参与农民运动。因持不同政见入狱，1932年被释放，之后以狱中经验和政治理念的转向为基础，发表《癞》和《盲目》，受到文坛关注。其后围绕农民问题创作的《重建》《生活的探求》深受战时青年与知识分子的推崇，他一跃成为畅销作家。晚年患病体弱仍不懈笔力，接连完成长篇力作《基础》和短篇小说《赤蛙》等，于1945年日本宣布投降第三天逝世。死后《赤蛙》被编入日本高中语文教科书，为日本人所熟知。

前不久我的病况稍有好转，能在小睡片刻后读点书。那段日子里，我最先拿上手来阅读的就是游记。我素来喜爱游记，阅读的数量却远远不及喜爱的程度。和人聊起，意外发现他们也不太读游记，至少读的量无法和随笔相提并论。大家的想法似乎都相同，一来认为那些土地纪行和自己永远不可能扯上任何关系，便提不起兴趣；二来，读过一些游记后发现，能让人对那些完全陌生的土地产生深刻感受的篇章极少，加上有时虽然会因怀念某个曾经造访的地方而阅读与之相关的作品，通常也只会大略翻阅已知的部分。还记得我自己也曾一边书写游记类的文章，一边想：这种东西到底有谁会看？想着想着便失去了自信。这次长期卧病在床让我更加相信，最忠实的游记读者肯定是病人。

我既读间宫伦宗[1]、松浦武四郎[2]和菅江真澄[3]，也读歌德、西博

1　间宫伦宗，即间宫林藏（1780—1844），江户时代后期探险家，著有《东鞑地方纪行》等作品。——编者注

2　松浦武四郎（1818—1888），幕末到明治时期的著名探险家，因命名"北海道"而广为人知。——编者注

3　菅江真澄（1754—1829），旅行家，博物学者。其游记是珍贵的民俗史料。——编者注

尔德[1]和斯文·赫定[2]。明治时期以来的文人著作，只要是家里有的，不管作者是谁，我都拿来阅读，无一遗漏。那些为数不多的书都看完后，我便要帮佣把地理学杂志摆在枕边。好几年前我便开始持续订阅地理学杂志，至今都只是叠在一旁，这次趁机悠闲地一页页翻阅。慢慢地，我开始感觉到这样的乐趣无可比拟。

这本杂志最近几期连载了某位博士的萨哈林岛（库页岛）旅行谈，我读了觉得十分有趣。其中谈到了库页岛濒临绝种的欧亚猞猁[3]，这让我的幻想猛烈迸发。内容是这样的：库页岛的欧亚猞猁曾先后三次遭人捕获，时间分别在明治四十一年、大正元年和昭和五年。一般认为它们在此之后便已绝种。然而到了昭和十六年的二月，人们又在野田这个地方捕获到了一只，这次抓到的是只母猞猁。猎人派出的猎犬遭到驱散，震惊之下猎人举起枪来。就在此时，欧亚猞猁突然出现在树上，对准下方的猎人头顶撒了一泡尿。我反复阅读这篇简单的纪事，意犹未尽地看着书页中插入的欧亚猞猁照片。照片上的欧亚猞猁约在明治、大正时期遭到捕获，随后被制成标本，样貌等特征可以说和活物全然不同。然而那种据说连熊也能打倒的剽悍、凶猛的特质却表露无遗。头加上身体接近一米，毛色是带点红色的深灰，圆形的深色斑纹零散地分布于全身；背部的毛不长，但感觉相当浓密；嘴巴几乎要咧开到脸颊，脸颊上有一束毛，像流苏

1　西博尔德（1796—1866），德国医师，博物学者，日本学家。

2　斯文·赫定（1865—1952），瑞典地理学家，探险家。

3　欧亚猞猁，简称猞猁，猫科动物，性喜寒。广泛分布于欧洲和亚洲北部。

般丛生，胡须又白又粗。但是，最能呈现出那份凶猛特质的，却是柔韧性十足、让人联想到树干的四肢。动物通常不是腿部上方粗壮，愈往脚踝就愈细吗？一般认为，脚踝太粗会导致行动不敏捷，但欧亚猞猁的四肢从上到下的粗壮程度几乎一致，而且比身体更长，相当吓人。这不仅没有带来丝毫的笨拙感，甚至让人更能感受到那股弹跳力十足的猛烈力道。它用这样的四肢近乎无声地行走，而脚趾内部，则藏有如剃刀般足以把熊的皮肤撕裂的爪子。

我想象如此剽悍的生物双眼炯炯发光，在库页岛的密林中徘徊的模样。它或许是整座库页岛上濒临灭绝的欧亚猞猁族类中，幸存的最后一只。这该是何等孤独啊！然而这份孤独，却并未伴随丝毫落寞的身影，有的仅仅是一股傲气与满满的斗志而已。无论在什么情况下，它都不会丧失森林王者的气派。身为万物之灵的人类举枪瞄准时，它没有逃跑，甚至没有亮出最强的武器准备正面交锋。它所做的，只是从人类头顶上方，抬起脚小便而已！手中持枪的人类之辈，在它看来只值得如此对待。

我不禁微微一笑。欧亚猞猁给了我这孤独的病人最大的抚慰。我感觉充满了生气，整个人也振奋起来，几乎可以说是在精神上感动不已。

同篇纪事里也写了海豹岛上海狗的故事。和欧亚猞猁正好相反，海狗一天到晚都在拼命繁殖，岛上的生物为了繁衍后代，打斗到满身是血。有次我在电影中，看到海狗群栖的场景。当我想起它们用鳍一般的手脚啪嗒啪嗒弹跳的模样，以及如同病牛从远处传来的嚎叫般的声音，实在忍不住作呕。海狗的日文是"膃肭"，和表示"后宫"的词汇给人以相同的感觉，都令人感到恶心至极。

　　看了欧亚猞猁的故事之后我深受感动，没过几天，就有个小家伙不时在我家的里里外外出没，这让我心情愉快。它只不过是一只流浪猫，然而那股倨傲的风采，却和欧亚猞猁如出一辙。

　　这两三年来，在我家四周晃荡的猫狗明显变多了。不用说，这是人类的粮食短缺造成的影响。有些猫狗一出生就无家可归，自然缺少食物，但这一阵子就连原本有人喂养的猫狗也愈来愈多陷入食物匮乏的境况。它们都萎靡不振、毫无活力，过去曾有饲主的情况更加严重；和猫相较之下，狗的情况则更加明显。简单来说，越习惯讨好人类过活的，就越凄惨落魄。它们是为了在垃圾堆里寻找食物才外出游荡，而人类家中却连垃圾堆都没有了。即便如此，它们还是每天耐性十足地前来，在庭院和厨房门口徘徊。再怎么防堵，树篱的一角还是必定会在不知不觉间被钻出洞来。大概是盘算着出手一百次，其中总有一次能够成功偷得厨房的食物吧。除此之外，它们似乎也会在秋天晒晒太阳。最痛恨这些猫狗的人是母亲，因为在庭院耕作是母亲的工作，而它们会把田地踩得一塌糊涂。

　　那段时间里，我一天会去庭院待上十五分钟左右。我也不喜欢在待在庭院时看到它们。尤其是狗，我特别讨厌。之前有邻近的人家饲养狗，我只是经过那些家门前，它们就对我吠叫。如今竟然如此亲昵地摇着尾巴接近，同时不断察言观色。一旦感受到我无声的敌意，它们就会把尾巴紧紧夹进两腿之间，踉跄逃离，路上还会吃熟透掉落后腐烂的柿子。猫不像它们如此卑微，却比小偷还要厚颜无耻。即使有人类在，它们也毫不在乎，趁机偷取家中的食物，还会在屋里穿梭来去，在榻榻米上留下脚印。有时它们会在坐垫上待很久，就像在回想过去，然而只要和人类一对上眼，就一定会飞速逃离。

此时，那个家伙出现了。

没有人知道那家伙的过往。它是只体型硕大的黑色公猫，大小足足有一般猫咪的一倍半，尾巴短短的，一脸威严凛然。每回看着它离去的背影，总会看到在那短短的尾巴下方和两腿之间，有两颗感觉硬邦邦的、像果实那么大的睾丸紧实地并排长在那里，毫不松垮晃动，充分显现出雄性的象征。要说缺点就只有一个，那就是毛色。它的毛色若是纯黑，或许便是一等一的好猫。但很可惜，它虽说是黑猫，毛色却是透着点灰，好像被弄脏似的黑色。看着那毛色，我忍不住觉得，难怪会沦落为流浪猫啊。

它从不惧怕人类，即使和人类的视线正面交会也不会逃跑。它虽然不会进到屋内，但是当我在二楼窗户边靠着椅子睡觉时，它便会来到我上方的屋顶，瞪我一眼，然后自己待上很长一段时间，悠闲地享受那里的阳光，就像已经摸透了我的想法一样。它总是沉稳缓慢地行走，即使是饿着肚子，却也像是在某处已经吃过了一样，不会显露出渴望食物的样子，似乎也不会去掠取厨房里的食物。

"真是异常正派的家伙啊！"我感到十分佩服，"它从来没偷过任何东西吗？"

"嗯，目前还没有。"帮佣回答。

"偶尔也喂它吃点东西吧。"我说。我甚至心想，如果事情顺利，也可以喂养它。

有一天，村里的人去了趟东京，回来时顺便带了盐渍鲑鱼给我们。那天晚上，已许久不曾烤过盐渍鲑鱼的厨房里弥漫着香味。半夜，楼下的吵闹声吵醒了我。母亲和妻子都已起身，厨房里传来她们的声音。不久以后，妻子走上楼。

"什么事？"

"有猫闯进厨房……"

"门不是都关好了吗？"

"它是从缘廊下方推开地板进去的。"

"偷走了什么吗？"

"倒是没有偷什么东西，那时妈正好起床。"

"是哪只猫？"

"不知道，但我想可能是那只虎斑猫。"

附近晃荡的猫很多，所以无法确定究竟是哪一只，但没有一个人怀疑黑猫。隔天晚上也出现了同样的骚动。

因此，母亲和妻子决定在地板上放一大块腌渍用的石头。然而，那天晚上，猫咪大概是用头顶开地板侵入了厨房，就连那块腌渍石也一同被推开了。母亲赶过去时，它已经不见踪影。我开玩笑地给它取了"深夜怪盗"这个名字，母亲和妻子却没有这种心情，毕竟什么都无法弥补睡眠受到的极大的干扰。

话说回来，母亲是第一个开始怀疑黑猫的人。能顶开那么大的石块入侵厨房并不容易，嫌犯一定孔武有力。母亲深信除了那只黑猫以外，没有其他猫有这样的力气。

这确实是合理的看法。但我看见那只黑猫时，心中却半信半疑。每天晚上同样的情形一再上演，在这段时期，白天黑猫总会在家附近出现，没有半点异样。它全身上下没有丝毫不同，如果夜晚的嫌犯是它，那它也未免太过不在乎、太从容不迫了。我带着颇有深意的眼神，始终正面望着它，它却一副事不关己的样子。

然而母亲也毫不退让。

有天晚上，厨房传来了巨大的声响。妻子吓得跳了起来，跑下楼去。我也忍不住竖起耳朵，关注这个异常激烈的响动。声音一开始从厨房传出，之后则转移至一旁的浴室。在一片物品掉落的声响和摔跤声中，传来了母亲和妻子的尖叫声。

最后总算安静了下来。

"没事了。之后的事我来处理，你先睡吧。"

"没问题吗？"

"都说没问题了。这家伙再怎么厉害，也挣脱不了这绳子。今晚就先这样吧……真是折腾人啊。"

我听见了母亲的笑声。

妻子带着略显苍白的脸色上楼来。

"终于抓到啦。"

"是吗？是哪一只？"

"果然是那只黑猫。"

"咦？这样啊……"

"妈把它逼到浴室里，用棍子打，趁它害怕的时候压制住它。费了好一番功夫呢……搞得天翻地覆的……它的力气很大啊。"

"是啊，那家伙的力气真的很大……但是，真的是它做的呀……"

据妻子说，猫被绑在浴室里，母亲说她自己处理就好。母亲的想法是不让年轻人动手，但是即使让妻子动手处理，她也会感到害怕，因而无从下手。秋天的夜晚颇有些寒意。妻子带着满身的寒气，再次钻进被窝。

我无法立即入睡。凶手果然是那家伙，这让我辗转难眠。我既不会太意外，也不觉得遭到了背叛。不知为何，我反而想要痛快地大笑，或许是对它那胆大包天的作风感到赞叹也说不定。说起来，那家伙从头到尾都没有叫过一声，我到现在才发觉这一点。我想象它在我正下方的浴室里被牢牢捆绑的模样。母亲已经去睡了，浴室里既没有任何叫声，也没有碰撞的声响，甚至让人觉得它是不是已经逃走了。

隔天早上，母亲把黑猫从浴室拖出来，绑在庭院内的树木旁。

"妈，你打算怎么做？"

"当然是弄死它呀。年轻人不要看，别跟着我。"

我考虑是否要请母亲饶黑猫一条命。我认为它值得我这么做。它毫不谄媚的孤高自恃深深地吸引着我。晚上做了这么过分的事，白天却丝毫不表露出来，望向我的视线也毫不闪避，大胆的程度用厚脸皮都不足以形容，光是这一点，就值得为它求饶。如果它是人类，必定是一国之君一城之主，成为流浪猫则是命运的捉弄。偶然拥有的脏兮兮的毛色支配了它的命运，而它并不知道这一点。人们给它卑微的马屁精同伴温暖的睡床和食物，而像它这样的猫却遭到人类舍弃，说是人类的耻辱也不为过。而且即使落败，它也绝不屈服。它并非偷偷地到厨房里行窃，而是光明正大地展开夜袭，用尽全力对抗战斗，被捉到后既不挣扎，也不吭一声。

但我却无法对母亲说出口。在现实的生活里，我这样的想法，只不过是身为病人的奢侈念头。今年春天，我也和母亲发生过小小的冲突。我所租住的这个房子的庭院里，有柏树、枫树、樱树和芭蕉树。从春天伊始到五六月左右，这些树木长得正美，我便把病床移到看得见它们的位置欣赏。有一次，母亲毫不惋惜地把这些树的枝丫修剪到不忍直视的程度，有一株几乎被修剪得光秃秃的。我动怒了，接着立刻在心中道了歉。母亲并非极不爱惜这些树木，也并非不懂树木之美，只是她亲手打造的菜园必须照射到阳光才行。母亲弯着腰拿着锄头施肥，就连狭窄的庭院角落也被她耕作成了田地。她只不过是一心想为生病的儿子种出新鲜的蔬菜罢了。

盗取食物的猫和人类的关系，也渐渐转变成不怎么有趣的争端，这一点虽然可惜，却不得不承认是事实。人们已经渐渐无法像以前一样，即使东西被偷走，也只是笑笑便算了。就连受到打扰的三十分钟睡眠时间，对人们而言也不再是从前的三十分钟。"生病的我喜欢黑猫流浪的样子"这类理由我根本说不出口……再说，我想了想，"受过这样的惩戒，那家伙应该也学到教训了"这种想法实在太过天真，那家伙肯定不会这么老实吧。下午，在固定的休息时间，我原本不打算睡觉，却也小睡了一下。妻子去拿配给物资，花了比预期要长的时间才回来。我一醒来，便立刻想起了黑猫。母亲在天气好的日子里通常都会翻土，今天似乎也是一整天都在庭院里劳作。我仔细听，还是没有听到庭院内有任何像是它发出的声响。

妻子一回来，便上二楼来对我说：

"妈好像已经处理好了。刚刚回到家，我瞄了一眼芭蕉树下，看到它被草席裹住，露出了一点脚尖……"

妻子的表情，就好像看到了不该看的东西。

母亲用的又是什么方式呢？老人的感情有时太过泛滥，有时又太过冷漠。母亲应该是用老年人那种毫不在乎的情绪处理的吧。即使如此，它到了最后一刻，是否仍然一声也不曾叫唤？无论如何，幸好事发时我在睡梦中，妻子外出办事不在家……也说不定，母亲是特意选在那个时间动手的。

　　黄昏时，母亲有一小段时间不在家。而那时，芭蕉树下用草席包裹的物体也不见了踪影。

　　隔天开始，我仍然一如往常，每天到庭院里晒十五至二十分钟的太阳。黑猫已经不会再出现，只有那些卑躬屈膝的家伙们慢吞吞地爬来爬去，就像我这不知何时才会痊愈的病一样，令人感到厌倦。我开始比之前更加憎恶它们了。

鼠与猫

寺田寅彦

    我感觉自己似乎慢慢能够体会那些因为没有孩子而感到寂寞的人，或是能够任意抚摸的对象已不在人世的老人，一味地疼爱猫咪近乎溺爱的心情；也能理解有些外国人饲养乌鸦作为耕种伙伴的心情。或许对于孤独的利己主义者而言，这种动物比喜欢强人所难的人类要来得可靠得多，它们更是生活的良伴。

寺田寅彦

(1878—1935)

◎

散文、俳句作家，也是位地球物理学家，笔名吉村冬彦、寅日子、牛顿、薮柑子。他出生于东京，家中是高知县士族，因生于戊寅年寅日，故名寅彦。高中时受英文老师夏目漱石、物理老师田丸卓郎的影响，立志钻研文学与科学，并曾加入夏目漱石所主持的俳句同好团体"紫溟吟社"。1899 年进入东京帝国大学理学系就读，并于 1908 年取得理学博士学位，在学期间多次在杂志上发表散文作品。曾任东京帝国大学教授、理化学研究所研究员，亦为帝国学士院成员。

他的散文题材多元，除了写故乡高知的风物、回忆，也自数学、物理和其他自然科学领域取材。著有《冬彦集》《薮柑子集》等散文集。

当初在盖现在住的房子时，我特别拜托承包商，务必留心处理，让老鼠无法入侵天花板。对方虽然承诺会特别留意，但是施工期间我仍不时叮嘱，以免他们忘了这件事。也有好几次，我直接提醒了师傅，但要我自己检查天花板内部，还真是提不起勇气。

搬进去后的最初几个月都很平静。我开心地想，总算不枉我唠唠叨叨地叮咛。之前和老鼠一同生活了很长一段时间，也习惯了它们闹出的动静，睡觉时天花板终于不再有老鼠的声响，倒也让我有点不习惯，感觉少了些什么。这样说可能太过夸张，但我想特别孤独的人在某些情况下，对住在同一屋檐下的老鼠莫名感到亲近也并非不可能。

最近不知道哪来的老鼠开始入侵天花板。就像漏水一样，一旦通道出现，之后就没救了。

晚上因为工作等事情忙到半夜时，就会听到头顶上传来隐隐约约的脚步声，或是小心翼翼地啃咬物品的声响。这就算了，如果在正要睡着的那一刻被巨响吓醒，或是新买的书的封皮惨遭啃食，就会有些怒火中烧。

我也不知道到底要归咎于承包商或师傅，还是传统的建筑方式本身就有问题。想了想，如果依照我向承包商和师傅要求的方式处理，绝大多数的房子都能杜绝鼠患才对，但实际上几乎没有几个人家里没有老鼠。甚至有人迷信，当某户人家家中的老鼠消失无踪时，就是发生不祥之事的前兆，所以我们日本人对于天花板有老鼠这种事，也是不得不接受的。如果只有我一个人任性地拒绝，这种想法似乎太过高傲且洋化。有人说，只要每天定量提供少许饵食给老鼠，它们就不会去咬用品和衣物。某个经济学家曾说，再怎么有害无益的"低等人类"也同样拥有生存的权利。若是如此，即使是惹人厌的老鼠，不赋予它们相同的权利，总觉得有些过意不去。但我不清楚这是否是真的。即使是人类，真的有那样的权利吗？如果真的有，当双方的权益相互抵触时，较强的动物就会去欺压较弱的一方，这是自然而然的事实，学者再怎么抗议似乎也没有用。

我想，在尊重科学的现代，有无数种方法能防止老鼠躲进天花板或橱柜里。听说有位学者无时无刻不开着天花板夹层内的电灯，但我总觉得这方法即使再怎么有效，未免也太浪费了，应该有更简便的方法。有个狂热的住宅建筑研究者打算在天花板的夹层里坐个两三天，他认为只要观察老鼠的移动，应该就能立刻找出适当的方法。或许学者很久以前就知道防鼠的方法，而我们不曾听闻，或许也曾听说过，却并不相信或加以实践。我想，住宅建筑的课程里，应该会有关于老鼠的章节吧。

把师傅叫来找出老鼠的巢穴不只麻烦，还不知道能不能成功。

最后，还是只能用最平凡的方法试图赶走它们。

我曾听说灭鼠药效果最好，但我家有很多小孩，担心有意外，从来不曾使用过。现在孩子们已经长大许多，应该不会有问题了，于是打算尝试看看，结果玄关的天花板掉出一大堆蛆来。在我找来镇上的清洁工帮忙爬上天花板夹层清理之前，实在是感觉很不舒服。从此以后，我再也不打算用老鼠药了。听说吃下老鼠药的人会吐出白烟，那老鼠应该也是一样。老鼠在屋顶里的暗处，从嘴里吐出磷光闪闪的烟雾，这个画面光是想象一下就觉得恶心。

我也买过好几个木板上装设有铁弹簧的捕鼠器回家设置陷阱。一开始有段时间经常抓到小只的幼鼠。捕鼠器的设计相当粗糙，因此用不了几次就会变得很难用。细心调整，使它维持器械该有的灵敏度，这项工作也难以寄望于那些脑袋不灵光的女佣。我很想对做出这种粗制滥造器械的人，还有毫不在乎地使用它的人表达我的不满。

有时我会使用那种用金属网制成的长方形笼状物，但它只要捕到老鼠一次就会残留臭味，之后就几乎不会有老鼠上钩了。即使偶尔有老鼠中计被抓，多半也都是傻愣愣的幼鼠，换成是狡诈的成年老鼠，不论是怎样的陷阱，它们都不会受骗。即使是小小的老鼠，也会随着时代的进步而变得更加精明，想要永远用同一款旧式捕鼠器捕获它们八成是不可能了。

相较于此，更让我头痛的是，家里只有我一个人积极地想要赶走老鼠。有几次，我费心设置的捕鼠笼的开口被推到墙边，老鼠再怎么想进也进不去；有时笼门早已关上，就这样摆在厨房角落却没有人处理，好几天后我才发现，十分泄气。到了这个地步，我不得不想，还是找只天生就会抓老鼠的猫效果最好。

老鼠一天比一天猖獗，就连白天也会看到它们在饭厅到处乱窜。有天傍晚，我正在二楼工作，突然听到楼下传来激烈的碰撞声和一阵喧嚷声。我下楼查看，发现两个女佣正挥舞着扫把，把两只老鼠追赶进玄关一坪[1]半大小的空间里。最后终于用扫把逮到其中一只，我便用火钳把它拖出来，再用麻绳紧紧地勒住它的脖子。我勒得很紧，老鼠很快就死了。看到它断气之前痛苦不已的周期性痉挛，我的脑中突然浮现出最近读到的文章里死刑犯最后的模样。

另一只老鼠则消失无踪，不知道躲到哪里去了。玄关没有摆放什么物品，应该没有什么孔隙让老鼠逃进去。谨慎起见，我还用蜡烛照了照连接柱子的横梁内侧，并用火钳戳了戳，但还是没有找到。只有某处墙壁缺了一角，看起来似乎形成了凹洞，但光照不到那里，所以也没办法看清楚。不过即使那里有个凹洞，也无法确定老鼠是否能钻进去逃跑。我心想，会不会是溜进谁的和服袖子里了，查看过后当然也没有。真有些不可思议，我们这些体型庞大的人类竟遭到这般娇小动物的玩弄。这时如果采用百分之百科学的方法，以明确的理论找寻老鼠的踪迹，这不值一提的谜团多半就会立刻解开，

1　一坪约为 3.3 平方米。——编者注

但也会变得有些无聊，因此便以"横梁内侧有凹洞"的假设来解释眼前这个和明确的物理法则相互矛盾的事实，借此蒙混过去。不过，从科学的角度来看，也会有与此类似的情况。把阳光下的矛盾，硬塞到黑暗的孔中，让自己心安理得，这种事并非未曾发生过。如果不能这么做，许多学者就无法高枕安睡了。如果无法做到对人生的难题漠不关心或是随心所欲，那么对于猫的需求或许会大得多吧。

这场纷扰平静下来不过十几二十分钟，这次又换成在厨房展开了第二场骚动。不知道是人类尖叫还是动物鸣叫的恶心声响，夹杂着孩子们的吵闹声传入耳中。我前去查看到底发生了什么事，结果看到年纪尚轻的女佣站在饭厅正中央，张大嘴巴发出奇妙的怪声，身体还扭来扭去。她口中念念有词，其他人则远远地站在四周。

一问之下，原来是老鼠躲到了她的后背上。我问女佣，老鼠到底是跑到了和服里还是短外褂里，她不回答，只是一直发出无意义的声音，让人搞不清楚状况。只要老鼠一动，她就会发出怪异的叫声，不断地晃动身体。我把短外褂的下摆缓缓地往上提，就看到可爱的幼鼠正伸长手脚，紧紧地抓住短外褂的内侧，就像牢牢地粘在上面一样。我用力甩了一下短外褂，它咚地掉到榻榻米上。正当它准备逃跑时，我迅速用坐垫将它压倒在地，之后再用对付第一只老鼠的方法解决了它。目睹这个可爱的小动物生命历程最后的波折，感受实在不太愉快。上一刻还活得好好的"生命"就这样突然消逝了，这让我萌生了这样的想法：反倒是在这种大小的动物身上，才能稍微单纯地去思考死亡这种极为平凡又极难理解的现象吧。人类的死亡或家畜的死亡有许许多多的前奏，只有跋而没有正文的死亡实在是令人难以想象。

孩子们也一动不动，一脸认真地在一旁围观。不知道在教育家的眼里，这种情景烙印在年幼的孩子心中，会造成哪些好与坏的影响呢？我想多半会认为这样不太好吧。或许也要看孩子原本的特质以及事情的来龙去脉，但是考虑到实际的层面，还是先和孩子约定好，告诉他们终结动物的生命无论怎样都是残忍且不应该做的事，这样会比较单纯且安全。话虽如此，在孩子能够无动于衷地观看这样震撼的画面之前，如果刻意避免他们直视，又会有怎样的结果呢？

有人告诉我，我勒死老鼠时的表情和平时有天壤之别。听到时，我有些意外。他还用铅笔画给我看，说："就是这种表情。"

事后我询问了女佣。原来，玄关的骚动结束之后，她回到房间坐着，不知为何感觉到背部愈来愈温暖。她觉得不太对劲，似乎某种有重量的东西正动来动去，这才发现有老鼠，于是一个箭步冲进饭厅，开始发出奇怪的声音。

俗话说穷鸟入怀，穷鼠啮狸，被逼到绝境的老鼠紧贴在追它的人的短外褂里，却是前所未闻。但事后想想，相对封闭的一坪半空间，一只老鼠实在没有道理消失得无影无踪。在那之后，我们也没有去确认那个假设的横梁凹洞是否存在，我想八成没有，即使有，也无法通到另一头去，这一点只要稍微从屋子的构造加以思考就能立刻

想通了。因此，老鼠躲在某人的衣服下，这一点从一开始就是理所
当然的事。

即使如此，牢牢地依附在短外褂里，和人类背靠背地悬挂着，
并维持这样的姿势，动也不敢动，不知道老鼠抱持着怎样的心情呢？
是极度恐惧导致一部分神经麻痹而呈现出假死状态，还是出自本能
的智慧才这么做呢？说不定前者和后者本质上是一种情况。

经历了这样一场骚动后，这群鼠辈并没有停止捣蛋。大得吓人
的成年老鼠简直就像在愚弄我们这些智慧有限的人类似的，随心所
欲、横行霸道地做它们想做的事。

二

应该是由春天转入夏天之时，有天孩子发现流浪猫在客厅的缘
廊下生了小猫，便跑来告诉我。对这一带厨房构成威胁的大黑猫，
在缘廊下塞满竹枝与木材的深处养育着两只小猫。一只是有黑、白、
褐三色的三花猫，另一只则是白、褐、灰褐三色的虎斑猫。

在我家孩子们单调的生活里，这似乎是一个相当重大的事件，
他们会不时对我说起猫妈妈和小猫的各种动静。

从我懂事以来，我们家就不曾养过猫。首先，我母亲对于所有名为猫的生物都很厌恶。我的亲戚家中也一样，有些养狗，却从来不曾看过有谁养猫，甚至只要看到猫，就非得拿手边的物品丢向猫咪。之前家中的女佣曾小心谨慎地用割绳的镰刀制作陷阱，设置在树篱的开口处，绞杀过好几只野猫；还有个外甥挥舞着代代相传的枪矛蹲在暗处，说要攻击猫咪：只不过在他听到猫叫声的同时，就丢下枪矛，躲进里面的房间了。

由于这些原因，对猫这种动物没什么兴趣的我，就连去缘廊底下看一眼也未曾有过。

不久后，小猫渐渐长大，开始经常出现在庭院的草地上。有时也会看到在刚长出新芽的草地上，伸长了脚横躺在杜鹃花丛阴影中的母猫正在逗弄两只小猫。但是每当有人靠近，脚步声传至走廊，母猫就会急急忙忙把小猫赶进缘廊下，而小猫也几乎会在同一时刻躲藏起来。猫贼的孩子果然也会被教育成猫贼啊。

有天，妻子不知道怎的，抓到了那只小的虎斑猫，并把它带进客厅来。小猫全身包裹在白色围裙里，只有头露了出来。妻子把它放在腿上，搔着它的下巴。猫咪已然放弃，也不怎么挣扎，但刚把它的前脚露出来，它就扭扭头，蠢蠢欲动地想要逃跑。年幼的孩子们想要养这只小猫，但我只是敷衍带过。我当时觉得，我们家是绝对不可能养猫的。

之后过了两三天，妻子又抓了另一只三花猫进来。但是和之前的虎斑猫相比，这只小猫勇敢和倔强的程度相当惊人。整只被包在围裙里的小猫激烈地反抗，脚稍微一露出来就又抓又咬。在庭院里玩耍时，这只三花猫比起虎斑猫要敏捷、活泼许多。原来小猫也一样，兄弟姐妹之间的个性也会各有差别呀。我难得对猫咪的事感兴趣，之前还傻傻地以为猫咪即使每只花色各有不同，本性都是一样的。感觉在众多动物中，猫在我心中的地位稍微提升了一些。

不只是孩子，这次连妻子也开口说想驯养这只三花猫，但我还是无法接受。然而，我心中对这只倔强又勇敢的小猫，开始萌生出之前从未有过的亲昵或疼爱的感觉。虽然就只有那么一点点而已，但猫咪在我心里的印象，已经开始拟人化了。

那次之后，猫妈妈和小猫愈来愈害怕人类的一举一动，而孩子们反倒对猫咪更有兴趣了。有时吃完晚餐，孩子会如同伏兵一般埋伏在庭院的各个角落，到处追逐不小心溜达出来的小猫，但就连大人也已经不太能捉到它们了。或许是对于一次比一次更激烈的迫害感到害怕，又或是小猫已经长大独立，母猫已经完全舍弃了缘廊下的产房，把巢穴移到别处了。然而，有时仍会在一旁屋檐的挡雨布上看到猫咪母子的身影。每次见到小猫，它们似乎总是比之前长大了一些，并且俨然成为出类拔萃的猫贼，展现出小心谨慎且机灵敏捷的特质。

这段时间，老鼠仍然在持续捣蛋。我们甚至发现老鼠把二楼柜子的拉门咬破，还把准备留给来访宾客用的顶级寝具咬了个大洞。

连幼鼠都捕捉不到的捕鼠器维持笼口合上的状态，被丢在厨房的橱柜上，挂在铁钩上的天妇罗已经有如风干的仙贝般卷曲变形了。

三

　　这是六月中旬的事。有天我正在工作，孩子来找我，说家里认养的猫来了，要我去看看。我跟过去一看，是一只已经不算年幼的三花猫。一大群人围成一圈，带着满满的好奇围观着新来的同居小家伙的一举一动。我对猫丝毫不了解，它的一切对我来说都相当稀奇。妻子把猫咪抱起来，搔弄下巴和耳朵周围，这时它的胸口一带发出类似液体沸腾的声响。猫会发出呼噜呼噜的声音，这我从书上和他人口中多少都曾听闻过，但直到四十几岁的如今才亲身经历。"这么做代表它们很愉悦。"这对刚开始养猫的我而言，总觉得难以理解。"这只猫是不是肺还是哪里有问题啊？"话一说出口，我就遭到猛烈嘲笑。实际上我现在还是搞不清楚，它到底是从喉咙发声，还是从肺部发声。一个部位振动，力量会传递至整个胸腔，只要触碰看看就能清楚地感觉到。腹腔感受到的振动则弱得多，几乎感觉不到。我想这是因为这股振动传递至坚硬的肋骨，因此连外侧也感觉得到。

即便如此，我还是很好奇发出这种声音的原理，以及其生理上的意义。我在中学教授动物学，也在杂志或书上读到过鸟和虫会发出声音，却还没有机会了解猫的呼噜声。这完全不是由于现代教育有缺陷，只不过是我自己没有常识罢了。听说有些小学老师会误以为民主（democracy）是一种医治神经衰弱的药，列宁（Lenin）则是毒药名，我的情况或许比这还要糟糕。然而，真的了解列宁、民主和猫咪呼噜声的人应该少得出乎意料吧？总之，我想这种呼噜声和人类等动物出于食欲而从喉咙发出的杂音在本质上应该也有所差异。

在我听来，这种声响会让我联想到许多声音，例如潜入海里时听到的海浪拍打下的沙粒互相摩擦的声音，或是从火山深处传来的锅中液体的沸腾声。如果狮子和老虎也会发出相同的呼噜声，那这种声音似乎就更加不可思议了，我也很想听听看。

一把三花猫放到榻榻米上，它就会马上把上面的纸片拿来玩，举动看起来无比轻快优雅。我想人类的小孩再怎么样，也无法将自己的身体摆弄得如此优雅。至于英国一带的贵族我就不清楚了。

然而，它的一举一动仍然稚气十足，和人类小孩的孩子气在某些难以名状的地方明显相似。

和流浪猫的孩子相比较，两者形成鲜明的对照。在呱呱坠地的那一刻起，就必须将人类视为敌人——这是上天赋予流浪猫的命运；而这只三花猫则是打从一开始，就对人类的善意抱持着绝对的信任。被带到从没见过的人家中，由这些陌生人收养，三花猫毫不怀疑地相信这就是它的家，且没有丝毫惧怕。无论受到如何粗暴的对待，它也会视之为善意，全盘接受。

话说回来，我记得自己没有答应过让妻儿在家中养猫。他们和我商量过好几次，说想认养小猫，但我应该还没有正面回应过才对。然而，当我望着眼前这个美丽又稚气十足的小动物时，这种问题自然也不成问题了。

原本家中的大多数人都想养小猫，这份期待经过女佣转述，传到经常往来的杂货店老板耳朵里时，似乎变成了积极的要求，于是杂货店老板便突然和猫主人家的女佣一同带了小猫前来。听说小猫来了以后，径直跑进厨房，随即就被带到了里面的房间，但它又立刻跑回厨房，紧跟在带它来的人身后。家人见状，便提议先用绳子绑住，但带它来的人说这样太可怜了，请求家人不要这么做，打消了他们的念头。听说对方还拜托我们晚上让小猫睡在怀里。我来看它时，大概是因为它早已到了一段时间，因此已经相当习惯这里了。

小猫在原本的主人家中，似乎备受疼爱。喂养它的食物也是相当稀有的食品，例如牛奶、鱼肉，而且它只吃优质部位，坚硬的头骨等绝不会放进口中。有人觉得这猫未免也太奢侈了，也有人称赞它品味高雅。不只如此，它也绝不会觊觎饭桌上的菜肴。

孩子们似乎一天比一天更疼爱它。他们给它取名为三毛。放学一回到家，放下肩上的书包之前就先问："猫咪呢？三毛呢？"我觉得孩子们的生活中开始出现了一番新的情趣。有好几次，年幼的两姐妹抢着要抱小猫，吵着说："让我抱一下会怎样嘛！"再或者是哭着喊道："一下都不让我抱！"吵到即便我在有点距离的房间里也能听到，最后一定还会有一方哭出来。孩子们为这种事伤心，这不禁让我感到有点担心。

猫咪也很可怜，能安心睡觉的时间，就只有孩子们去上学的时候。没过多久，学校放了假，小猫就整天不得安宁了。年纪较长的孩子见到年幼的孩子把三毛当成玩具，觉得三毛可怜，便要他们把三毛放下，但没过多久自己又会去逗弄它。我心想，三毛大可以逃到缘廊下或其他地方躲起来，但它却百依百顺，即使无奈却毫不抵抗，任由孩子逗弄。我总觉得有些残忍。实际上它确实愈来愈瘦，和刚来时相比，瘦到我几乎快不认得了。它走起路来脚步不稳，坐着时身体也摇摇晃晃，而且还会像人类一样打瞌睡。猫会打瞌睡，这个事实让我感到相当稀奇，像是什么天大的发现一样说给别人听，早就知道这件事的人都取笑我。即使对方正巧不知道，似乎也都不觉得这个事实很有趣。仔细观察从猫咪这个举动映照出的人类态度，我产生出一种混合了滑稽与悲哀的奇妙情绪。

如果维持目前的状态，小猫应该会死掉吧。它有时甚至会把吃下去的食物吐出来，弄脏我们帮它铺好的窝。到了晚上，它则疲惫不堪，陷入毫无意识的沉睡，似乎从来不曾被外在的声响吵醒过。然而，不可思议的是，不知不觉间老鼠已经不再猖獗了。偶尔听到厨房碗盘的碰撞声，三毛也毫无反应，沉睡如常，想来这孩子从未见过老鼠这种生物，因此本能尚未苏醒吧。

我不断在孩子面前威胁说，如果他们太过分，我就要把猫送到别人家或是还给原主人。最后终于和原主人商量好，让它回去静养几天。

小猫不在，家里顿时冷清了起来。正好这段日子雨又下个不停，孩子们安静得一反常态。

平时三毛总会在晚上孩子们熟睡后来到书房，有时轻得连脚步声也没有。它会从书桌下偷偷玩我的脚，我只要将它抱到腿上，它便会发出惯常的呼噜声。但那天晚上三毛根本不在家中，不可能来找我。工作完成后，我抽着烟，听着静静滴落的雨声时，突然浮现出奇妙的想象。我脑中勾勒出三毛真的被丢掉，在这样的雨夜里全身湿透地走着，不知何去何从的模样。饥寒交迫之下它浑身发抖，在某处的垃圾桶四周徘徊。接着，大概是因为眷恋从某户人家的雨户[1]外泄的灯光，它发出哀凄的叫声。

隔天傍晚家人去接三毛，带它回家。才两天不见，它就胖得快认不出来了。由于原本尖瘦的脸胀得圆圆的，眼睛看起来突然变得又细又长；原先眼睛周围多到不可思议的皱褶消失了，表情也变得沉稳许多。真想知道那户人家到底对它有多么宠爱。不过家里也有人认为，它可能是因为喝了猫妈妈的奶才变得如此圆润。

夏天日渐炎热，每到傍晚全家人就会走到庭院来，三毛也一定

1　雨户是日式建筑中用来防风、防盗的装置，装设于窗户或对外开的门上。

会跟来。以往流浪猫会把杜鹃树根部往内凹陷的地方当成玩耍的基地，不知为何，猫咪似乎像是约好了一样，都很中意那里。三毛追着球到处乱跑时，一定会跑进去，接着便摆出锁定猎物的猛兽般的姿势，蹑手蹑脚地走出来，在即将飞扑出去之前激烈地左右摆动着腰部。有时它也会在山白竹林里躲藏好一阵子，又突然像鲤鱼逆流而跃一样高高地跳起，接着露出一脸傻愣愣的表情。有时还会将四只脚往两侧摊开，让腹部紧贴着草地，就像飞鼠正在滑翔一样，我们猜想，它可能是想让腹部降温吧。

我除草时，三毛会悄无声息地靠近，然后突然扑向剪刀尖，十分危险。大家都拿它没办法。后来我除草时尽管已经相当留意，还是经常会听到孩子提醒我，说三毛正准备要扑过来。猫咪对于除草剪刀的好奇心持续了很长一段时间，即便在它对线头和球失去兴趣之后，只要看到我拿着剪刀走到庭院，就会立刻跟过来。有时当我蹲下，它会悄悄溜到我的腰下，从双腿间探出头来，接着只要稍微碰几下剪刀，就心满意足地慢吞吞地走到另一边，在茂密的八角金盘下扑蝶或逗弄蟾蜍。

三毛对阵蟾蜍，最开始好像失败了。大概是在咬住蟾蜍之后，三毛受到了攻击，只见它嘴里噗噜噜地流下白色唾液，同时用两只前脚扯自己的嘴巴，仿佛要把它扯下来一样，看起来非常痛苦，那动作和蟾蜍舔食烟雾时的举动十分相似。那次之后，三毛再也不会用嘴触碰蟾蜍了，只是用前脚轻轻压着它的头，或从侧边轻轻推一推它的肚子，然后歪着头观察。憨直的蟾蜍每次被触碰时，都会紧张得全身僵硬且身体胀大。丑陋的泥土色身体看起来就像一个气愤难耐的肉块。小猫看似对自己的优越地位有着绝对的自信，它一边不时地东张西望，一边有一下没一下地伸手逗弄对方。

有件事让我很困扰，三毛不知道从什么时候开始，养成捉蜥蜴来吃的习惯。刚开始，它一定会把捉到的蜥蜴叼到榻榻米上面，吃掉之前先玩弄一番。有时捉到体型较大的蜥蜴时，只会把尾巴叼过来，和身体分离的尾巴就像拥有独自的生命般抖动。只要我一发现，就会把三毛紧紧地抓住，硬是把蜥蜴从它嘴里扯出来，丢到它再也找不到的地方去，而辛苦捕捉到猎物的三毛便会在榻榻米上边走边闻。它根本搞不懂，为何不能抓蜥蜴吃；我自己也无法解释为什么不可以。因此，后来三毛似乎便不再特地把蜥蜴叼到榻榻米上，而是发明出新的方法，在捕捉到的现场立刻吃掉。有时看到吃完蜥蜴后一边舔嘴巴一边走上缘廊的三毛，我总觉得有些恶心。或许是因为觉得它吃着我们的食物，属于家中的一员，因此吃蜥蜴就像是亵渎了家人的整体膳食。这只四脚兽在我们心里，已经人格化到这种程度了。

每当深夜我独自工作时，就会听到长长的缘廊里由远而近的轻巧脚步声，接着三毛就会钻到椅子底下，轻舔我的脚，这时我会不经意脱口而出："怎么啦？什么事啊？"这绝不是我自言自语，三毛总能很机灵地理解我说的话，我之所以开口，也是将它当成了说话的对象。当这个对象怎么都不回话时，只要把它抱起来，它就会立刻开始出声叫喊。我感觉自己似乎慢慢能够体会那些因为没有孩子而感到寂寞的人，或是能够任意抚摸的对象已不在人世的老人，一味地疼爱猫咪近乎溺爱的心情；也能理解有些外国人饲养乌鸦作为耕种伙伴的心情。或许对于孤独的利己主义者而言，这种动物比喜欢强人所难的人类要来得可靠得多，它们更是生活的良伴。

不可思议的是，极度厌恶猫咪的母亲不仅不会把偶尔爬到她腿上的小猫赶走，小猫把母亲独住的房间拉门抓破时，她似乎也不以为意。

四

三毛来到我们家后，最能激发它好奇心的大概就是蚊帐了。不知为何，它一看到蚊帐就会莫名兴奋；特别是有人在蚊帐里，而它在蚊帐外时，就会更加激动。它会把背高高地拱起，耳朵压低，露出吓人的表情，接着以豁出性命般的气势飞扑过来，并全身依偎上去。蚊帐那种既柔软又强韧的抗力对于猫咪而言大概很奇妙吧，尤其是蚊帐的一角拖在地上形成袋状，将三毛的身体包裹起来，这对猫咪来说实在很不可思议，再怎么看都和一般的玩耍方式不同。三毛玩得太认真了，有时会让我产生它很了不起的感觉。顺从的特质消失无踪，野兽的本性表露无遗。

也许是蚊帐本身或透过蚊帐看到的人影在猫咪眼中就像是什么骇人的怪物，又或者是蚊帐中的一抹青光，唤醒了远古祖先流传下来的、在森林里的月光下走动着寻找猎物的本能。如果有不同颜色的蚊帐，我真想拿来实验看看。

在三毛玩的各种物品中，如果说有什么特别有趣，那就是用来制作和服腰带的布料卷成的布棍。用前脚让布棍滚动起来，这没什么特别，但是三毛会用两只前脚抱住布棍的一头，再用后脚巧妙地站上去。布棍一滚动它立刻跳到一边，看也不看一眼，一脸不在乎的样子往前慢吞吞地走个三四步，然后端庄地坐好。它会这样重复好几次，至于它心里在想什么，我完全猜不透。

二楼放了一张藤椅。四只椅脚以斜线交叉，正中央形成一个有点接近架子隔层的空间。这里是三毛最喜爱的玩耍基地之一。它会先把小纸片之类的东西丢下去，再从凌乱交错的藤条缝隙中伸出前脚抓住那些纸片。如果不小心从椅子上滚下去，就会仰躺在地，从椅子下方轮流把脚伸进缝隙里。

我们无法理解这样的游戏有什么意义，想来三毛也许是在下意识地锻炼自己，习惯那项自己尚未发觉的未来使命吧。

在原来的家里养好身体的三毛，不知从何时开始又消瘦下来，肩胛骨变得高耸，侧脸变得尖瘦，眼睛显得更大了，看起来实在很可怜。于是有人提议再养一只，分担三毛过重的压力。家中很多人都赞成。

有天黄昏，我走出庭院，听到厨房里热闹异常。在女人和孩子们的笑声中，还夹杂着陌生男人的声音。"好乖的猫咪呀。"我清楚听到妻子这么说。她说到"乖"这个字时，带着奇妙的声调。原来是经常往来的牛奶店老板带了不知道从哪里认养的小虎斑猫过来。

那是一只还很幼小、能用一只手握住的猫咪。有如胎毛般不带光泽的毛发，在背上蓬乱地生长着。它的长相也很奇妙。额头突出，短短的脸像是整个压扁了一样。还有一对又大又长、不符合比例的耳朵，配上这样的脸，更突显出它奇特的表情。不知为何肿胀得让人不太舒服的腹部两侧，小指粗细的后脚像伸缩棒一样往外撑着，不禁让我想起了用谷穗制作的猫头鹰玩偶。

三毛目不转睛地看着这个新来的同伴，明显表现出惊讶、疑惑与不安的样子。小小猫似乎把三毛误认成了自己的母亲，亲昵地踩着小小的步伐接近三毛，抬起一只前脚想要触碰它。结果三毛一副被毒虫碰到的样子，大惊失色地往后退。小小猫紧紧追着三毛，再次抬起一只脚。这个情景实在太逗趣了，看到大家捧腹大笑，我也受到感染，好一阵子没有像这样哈哈大笑了。

两只猫稍微习惯彼此之后，换成三毛采取攻势，开始袭击。它突然飞扑出去，一下头一下脚地咬住小小猫，再用后脚猛踢，简直就像是老鹰和小鸡之战。小小猫无力反抗，想要逃跑，却迟迟没有行动。它不时发出小鸟似的吱吱声，还不服输地咬三毛、踢三毛。三毛一松口，小小猫就立刻转向它，维持坐姿，短短的尾巴在空中画出 8 字形，等待三毛朝它发动攻势。有时小小猫会钻进衣柜和拉门之间，三毛因为无法整只钻进去，便发狂似的把前脚伸进去骚扰它。这时小小猫便一派轻松地从另一头走出来，接着又同样用短短的尾巴，像笨拙的指挥一样画出各种 8 字形。

有人提议给小小猫取名为小鬼头，但又有人说最好不要给这种家畜取太亲昵的名字，我们便打消了这个念头，随便取了个名字叫小玉。不过也有人认为给公猫取名为小玉很奇怪。

日子一天天过去，两只猫的性情差异愈来愈明显。三毛对食物几乎没什么兴趣，相当优雅，如同贵族一般；相对而言，小玉则明显像个庶民，旺盛的食欲和瘦小的体型不成比例。即使是三毛不屑一顾的鱼骨和鱼头，小玉也会欣喜若狂地吃掉。还有，只要有人碰它，它就会竖起背上的毛，并发出吓人的低吼。那阵呜呜呜的叫声实在气势慑人，无法想象是这么小的幼猫发出来的声音。除此之外，小玉还会将两只前脚的脚趾尽可能撑开，牢牢压住身旁的食物，试图尽数占为己有。从这个角度来看，它就是个大财主。被它推开的三毛似乎吓呆了，退开一段距离，眼睛直盯着小玉。如果丢给小玉一片带血的鲭鱼肉，即使没有人碰它，它在把肉叼走时，也会像之前一样发出低吼声，同时迅速逃离现场，这种特质实在很难不让人联想到猫贼。不只如此，这只猫还会随处大小便，几乎每晚都会把坐垫或寝具的一角弄脏。打理厨房的人也必须为它闯的祸处理善后，不欢迎小玉的声音随之而来。而其他人则难免会对小玉吃东西时的举动感到不舒服，再加上看到乖巧的三毛的食物被小玉抢走，这种心情就更强烈了。

也有人认为带小玉来家的牛奶店老板应该对此负责。似乎所有人都希望把小玉还给牛奶店老板，让他带一只更乖的猫来。不只如此，甚至有人已经找到候选的小猫，前来征询我的意见。

然而，当牛奶店老板真的要把小玉带回原来的家时，我心想把它转交给新主人，最后大概也躲不掉成为流浪猫的命运，明知如此还眼睁睁地看着它被带走，实在于心不忍。我想，随处大小便的毛病只要稍微留意，让它养成好习惯，应该就能改掉。因此，我先在纸箱里放入法兰绒的旧布条当作它的床，再把泥土倒进点心盒里，和纸箱并排放在浴室的更衣区。上床睡觉前，我会找到时常睡在蚊帐一角上的小玉，把它抓到浴室的床里。毫不知情的小猫果然像其他的猫咪一样，从喉咙发出呼噜的声音，闻了闻土的气味后，一次就解决了大小便。我把浴室门整个关上，并且关了灯，把小玉留在一片黑暗中。还要好久才会天亮，这段时间不知道里面的状况如何，但当玻璃窗外天色渐渐亮起来时，小玉把浴室门抓得沙沙作响，又发出之前那种小鸟般的叫声，听起来像是要我快点放它出来。我走过去把门打开，它先是急忙地往浴室外冲，下一秒又跑回了原本的位置，接着像只小狗一样绕着人脚边转圈奔跑。这样重复了十几天后，我试着把那个当床用的纸箱和便器拿出来，放在三毛平时出入的门洞旁，并把小玉带过去好几次，让它闻土的气味。隔天早上，我仔细检了家里的棉被和榻榻米，没有发现任何地方被弄脏。大概是在三毛的引导下，小玉也学会从门洞出入了，在那之后，我曾见到小玉在天亮时从洞口爬进来。

小玉异常旺盛的食欲也稍微减弱了，渐渐不再像以前那样狼吞虎咽。胀大得令人有点恶心的肚子不再那么凸出之后，瘦下来的腰部到后脚的部位看起来莫名寒酸，但总算是慢慢变成猫应该有的样子了。小玉渐渐地散发出家猫般落落大方的气质，开始做出少爷般优雅、惹人疼爱的举止。

放完暑假，学校开学后，猫咪的身体总算可以少受一点骚扰了。上午三毛和小玉会在通风的橱柜隔层尽情地伸长四只脚午睡。有时一只正在酣睡，另一只就会不断地舔对方。到了傍晚，两只猫会跑到庭院，在草地上大玩相扑。因为白天能够好好地睡觉，晚上它们俩经常在缘廊吵闹。这让我有些困扰，但并不生气。厨房传出瓷器的碰撞声时，我会前往查看，有时会看到两只小猫从忘了关上门的茶具柜的层架上，露出装傻的表情探头窥看。老鼠始终没有捉到，但它们也不再捣蛋了，天花板一片宁静。

直到现在，在缘廊下出生的流浪猫之子三花猫——我们也叫它三毛——还是经常会出现在隔壁房子的挡雨布上。虽然也是只美猫，但我总觉得它一脸凶恶，或许是错觉吧。而我们家这只胆小的三毛一看到流浪猫就会急忙跑回家来，小玉则毫不在意，甚至还有人说看到它和流浪猫一起玩耍。我有时会敲打着它的脑袋说："不能变成不良少年哦！"不过猫咪应该完全不知道自己为什么被敲打吧。

我们家的猫咪历史由此展开。我希望能从此刻开始，尽可能忠实地记录猫咪的生活。

秋夜月色皎洁，微风徐徐，院子里有块树根正好可以当作缘廊的台阶。三毛和小玉就在上面把后背拱成圆形，并肩端正坐好，望向月光洒落、一片寂静的庭院。我动也不动地看着这番情景，感到一股深深的幽寂，进而有种想法：它们和一般的猫咪不同，来自人心无法理解的另一个世界。面对其他家畜时，我多半不会萌生这样的想法吧。

小猫

寺田寅彦

　　仔细想想，留下不会说话的家畜予以治疗的医生，是个相当神圣的职业。动物对于住院期间受到的对待，既无法判断，也不会记得，加上回家后也不会对人类说些什么，对这样的病患予以诚实亲切的治疗，这虽然是理所应当，却也让人感觉是件美好的事。

寺田寅彦

(1878—1935)

◎

散文、俳句作家，也是位地球物理学家，笔名吉村冬彦、寅日子、牛顿、薮柑子。他出生于东京，家中是高知县士族，因生于戊寅年寅日，故名寅彦。高中时受英文老师夏目漱石、物理老师田丸卓郎的影响，立志钻研文学与科学，并曾加入夏目漱石所主持的俳句同好团体"紫溟吟社"。1899 年进入东京帝国大学理学系就读，并于 1908 年取得理学博士学位，在学期间多次在杂志上发表散文作品。曾任东京帝国大学教授、理化学研究所研究员，亦为帝国学士院成员。

他的散文题材多元，除了写故乡高知的风物、回忆，也自数学、物理和其他自然科学领域取材。著有《冬彦集》《薮柑子集》等散文集。

我们家从来不曾有猫，去年夏天，由于一个偶然的机会，一下子来了两只猫。它们的到来在我们家的日常生活中留下了鲜明的印记。不只是孩子有了抚摸和逗弄的对象，它们给我本身的生活，也仿佛投射了一丝微光。

　　首先让我感到惊讶的，是这样的小动物呈现出来的明显的个性差异。不会说话的小动物和人类之间可能产生的情感交流，其程度之细腻让我再度感到讶异。就这样，不知不觉这两只猫在我的眼前人格化，成为我们家中的一员。

　　两只猫中，母的叫三毛，公的叫小玉。三毛在去年春天出生，小玉则晚两三个月出生。送到我们家时，它们还相当幼小，却在短短的日子里成长为称职的猫妈妈和猫爸爸。孩子们希望它们永远停留在幼猫的模样，它们却事与愿违地渐渐长大了。

　　三毛比较敏感，只要有什么让它不高兴，它就会任性妄为。而它的一举一动，不经意间都会流露出优雅的气质。它或许是最具猫咪特质的猫，也可以说是在最具猫咪特质的猫中，最具母猫特质的母猫。实际上它也经常抓老鼠。家里老早就没了老鼠的踪迹，可它却不知道从哪里叼来了各种大小的老鼠，也不一定会把它们吃掉，有时甚至直接丢掉，这时候我们便会偷偷地处理掉，以免让小玉看到，或是用绳子绑起来，交给警察换点零用钱[1]。和生存密切相关的本能，在猫咪身上也展现出明显的差异，对三毛而言抓老鼠则演变成一种"游戏"。我认为这一点很值得留意。

小玉则和三毛相反，它相当迟钝，不仅温和呆傻，举动也有些笨拙鲁钝，有时甚至会让人联想到狗的某些特质。小玉一来到家里就随地大小便，还十分贪吃，总是大口吃个不停。家中的女性成员对此颇有微词，因此如果有什么好吃的食物自然会给三毛，剩下比较没有营养的才会分给小玉。然而不可思议的是，粗鲁的小玉对于食物的兴趣一如往常，甚至愈来愈浓厚，不过原先让人瞠目的惊人食欲渐渐变得正常，许多举动也开始变得沉稳起来。即使如此，天生的笨拙却不是能够轻易抹去的。比如说，穿过半开的拉门时，三毛就不会让身体的任何部位碰到拉门的骨架，也不会发出任何声响，它流畅地跳过去，在另一边着地时，也几乎听不到落地声，身姿柔软轻盈；小玉则完全不一样，有时是腹部或背部，有时则是后脚，总之一定会有某个部位撞到拉门的骨架，发出巨大的声响，并且伴随着响亮的落地声在缘廊着地——与其说是着地，说是摔落更为贴切。三毛和小玉的差别是否和一般母猫与公猫的差异相类似，这点我不清楚。但仔细一想，相同性别的人类也时常有类似的差异。有

1　鼠患严重时，日本政府为了预防老鼠传播疾病而颁布政策，市民只要抓到老鼠交到警察局就能领到钱。

些人只是从一间房走到另一间房，就一定会撞到隔间的唐纸[1]，走在缘廊时不发出响亮的脚步声就不知道该怎么走路；也有些人完全不会发出声响，安静到让人感觉诡异。一想到这些，我就觉得三毛和小玉的状况或许也是一样，主要的差异不是由于性别，而是应该归因于个性。

今年春寒时节过后，三毛的生活开始出现显著的变化。在此之前它几乎不出门，后来却几乎每天外出。以前看到其他猫，它都会吓得显露出敌意，样子十分好笑，现在却不知为何开朗起来，有时我们还会看到它在庭院一角和我们没见过的猫一起散步。有时三毛会躲起来一整天，或是更长的时间。一开始我们还很担心它是不是遭到屠猫人的毒手，有时还会找遍附近一带，但它最后总会在天亮前自己回到家里来。平时富有光泽的毛沾上了淡淡的污渍，脸消瘦下去，眼神变得锐利，食欲也明显减退了。

我也曾听孩子说，我们家的三毛和奇怪的猫贼在旁边的屋顶上打过架。

不知为何，我觉得很可怕。浑然不觉中，这个惹人怜爱的小动物的身体内部受到自然界不可违抗的命令，逐渐出现无可避免的变化。对这种情况浑然不知的它，由于这种侵袭自身、不可思议的威力的压迫而感到恐惧不已，在这春寒时节落霜的夜晚，在陌生的屋檐下彷徨地走着。我至今才感受到自然的法则有多可怕，同时也为

1　唐纸是一种从中国传入日本，常在拉门、隔间用于装饰的纸张。

无法觉察到这股恐惧感的猫咪而感到哀伤。

不久后，不知道从何时开始，三毛的生活又恢复到往常的平静。那时三毛已不是之前的小猫，它已然成为了不起、能够独当一面的"母亲"了。

它平日出入的拉门开口，对它而言日渐窄小。每次出入，它那沉重的腹部就会重重地撞向拉门，有时甚至会比笨手笨脚的小玉发出更大的声响。即便是人类，如果戴上比平常戴的帽子边缘稍微宽一些的草帽，对方位、角度的判断也会失准，甚至可能会撞上各种东西，所以即使三毛的神经再怎么敏锐，肯定也无法适应每天都在变化的身体。我担心是否会因此对胎儿或母体产生不良的影响，但也无计可施，只能先顺其自然。

我的孩子们经常讨论三毛会生出什么样的小猫，也出于私心提出各种他们想要的小猫的模样，并在他们各自的小脑袋里描绘出那最终来临的奇迹之日，眼巴巴地盼望着。他们也向我们提出，希望这次生下的小猫，全都留在家里自己养。

有一天，家中大部分人都出去逛博览会了，我则留在家里，在难得安静的楼梯下面的小房间工作，却听到三毛发出和往常不同的叫声。这和它讨食，或外出回来找不到主人时的状态有些不同，似乎在担心着什么，静不下来。三毛先是来到我身边，又立刻走去缘廊，接着在杂物间里来回踱步，像是在找什么东西似的，发出惨叫声。

即使我过去不曾经历过这种事，对三毛这种不寻常的举动所代表的意义也有明确的直觉。我不知道该怎么办。妻子不在家，家中的母亲和年幼的女佣也不清楚猫生产时该做哪些适当的处置。

我们先把旧坐垫放进老旧竹编行李箱的上盖，并把它放置在饭厅橱柜旁的隐蔽处，让三毛坐进去。但这只平时就对自己待的地方和睡觉的地方相当挑剔的猫，在陌生的产房一刻也静不下来，不愿入睡，并且像着魔般来回踱步。

中午过后我爬上二楼，就听到女佣在楼下大喊说猫出现异状。我下楼查看，发现三毛在客厅的缘廊下，拼命地舔一个满身沙土的老鼠色肉团。那个海参般的肉团看起来几乎已无生命迹象，却不时地发出和外表不相称的尖声初啼。

三毛看起来束手无策。它叼着宝宝的后颈，打算走向庭院，走到一半又把宝宝放下，再舔遍全身。最后终于将那满身是土、身体湿得让人恶心的东西叼进了我们的客厅，并放在我的坐垫上。接着，如果以人类来比喻，我打算像产婆一样，对新生儿施予该处理的手续。我急忙把刚刚那个竹编行李箱上盖拿来，把三毛母子安置其中，但三毛完全不愿意多待一会儿，立刻又把宝宝拖到坐垫上。

我不知道如何是好，只能把那只行李箱放进后面的杂物间里，并把三毛母子关在里面。虽然感觉有点残忍，但我的确难以忍受家里的榻榻米全都被弄脏。

杂物间的门后传来大力搔抓的声响，随后我便突然在高处的无双窗[1]上看到了三毛。它叼着小猫直直地站立起来，打算从窗户的缝隙中钻出来，那发疯般挣扎的样子，实在很吓人。三毛那时的模样和可怕的眼神深深地烙印在我脑海里，至今我都无法忘记。

我急忙打开门。仔细一看，小猫的身体已经整个变成黑色，三毛的四只脚也像是穿上了绑腿一样呈现出黑色。

不久前，我把要涂在栏杆底部的防腐涂料桶放在了杂物间的窗户下方，小猫应该是掉进去了。头部沾到油的小猫看起来似乎已经停止了呼吸，但仍可以看到它偶尔还在扭动。

对于我这个残酷的人类来说，如果三毛沾到防腐剂的脚和全身脏污的小猫把家里的榻榻米弄脏，无疑是件非常困扰的事。所以我马上把三毛抱进浴室，开始用肥皂清洗，但这种黏腻的油渗透进浓密生长的毛发中，要清除掉并不容易。

没过多久，我又迅速将看似没有生命迹象的小猫埋在了后院的桃树下。埋好后，心里出现了不安的情绪，感到非常不舒服，但实在没有勇气再挖出来看，而且我也不觉得那沾满黑油的恶心肉块会复活过来。

过了没多久，大家都回来了，我把他们出门时发生的意外事件描述给他们听，就在这时三毛又开始了第二次和第三次分娩。我请妻子帮忙处理一切，之后便走上二楼。坐在桌前，总算冷静下来时，才发现我那因生病而衰弱的神经由于刚才异常激动的心情，已感到

1　无双窗是用相同宽度的木板隔成相同的间隔制作出的内外两层窗户。移动内层的窗片，便能控制窗户的开与关。

相当疲累。

之后出生的三只小猫没多久就都死了。我猜想或许是因为三毛被关进杂物间后，肉体和精神上过度激动，因而导致胎儿死亡。这样的猜想有如一道小小的伤痕，始终留在我的内心深处。对于在桃树下和三只同胞一同长眠的那只小猫，我心中所抱持的不安，或许这一辈子都会轻轻地刺痛我的良心，无法抹灭。

三毛产后的变化不太寻常。它食欲全失，眼睛微张，郁郁寡欢地眨啊眨啊，一整天始终拱着背，端坐在那儿。试着摸它时，可以感觉到它全身的肌肉都在微微颤动。我觉得如果放任不管会很危险，便要家人立刻带它去家附近的兽医院。检查的结果发现，三毛肚子里似乎还有胎儿，医生建议必须动手术并住院一段时间。

三毛只住院十天，孩子们每天都轮流去探视。他们回来后，我都会询问三毛的状况，却始终搞不清楚具体情况。有时医生也会警告说如果探视的次数太过频繁，会刺激猫咪的神经导致其生病，孩子们才不情愿地离开。

仔细想想，留下不会说话的家畜予以治疗的医生，是个相当神圣的职业。动物对于住院期间受到的对待，既无法判断，也不会记得，加上回家后也不会对人类说些什么，对这样的病患予以诚实亲切的治疗，这虽然是理所应当，却也让人感觉是件美好的事。

出院后，医院开了几天的药。那药袋和人类的一模一样，填姓名的地方写着"吉村氏爱猫"，下方则印有"号"这个字，大概是"爱猫号"的省略吧。总之在那之后有段时间，孩子们之间都喜欢把三毛昵称为"爱猫号"。

有一天，放学回家的孩子抱着我没见过的小猫回来，好像是有人丢弃在我们家门前的。这只小猫是白底黑色斑纹、尾巴长长的品种。放它在缘廊上走动，便发现它的脚步还不稳，纺绸般光滑的脚底板在地板上滑来滑去。我们把三毛带过来，让两只猫相处时，三毛非常惊恐，背上的毛都竖了起来。但过了几个小时后再去看，不知是谁把柜子里的风琴椅子放倒了，制造出一个凹洞，三毛就在里面拉长着身体横躺着，让小猫吸吮自己的乳房。小猫从喉咙里发出微弱的噗噜噗噜声，三毛则发出我们从来不曾听过的咕噜咕噜声，舔遍小猫的全身。我想它那还未曾觉醒便已中止的母性，却因为这只不认识的小猫暂时被唤醒了。我看着这失去孩子的母亲，和那失去母亲的孩子，不禁莫名感受到一股满足感，内心仿佛受到了抚慰。

在三毛的脑袋瓜里，应该搞不清楚这失去母亲的小不点和自己生下的孩子之间的差别，只是依循本能的驱使，纯粹为了满足自己才养育这孩子的。在我们人类看来，却很难这么想。三毛一边用满怀浓烈爱意的声音咕噜咕噜地叫唤着，一边不断地舔着小猫。见到这个情景，我被散发着温柔情感的气氛包围了，最终深深地陷入其中，不再去想任何论述人类和动物之间差异的学说，因为那些理论既没有意义，也根本不重要。

有时我会陷入一种幻觉，认为这个小不点就是三毛死去的亲生孩子中的其中一只。如果从人类科学的角度来看，这明显是不可能发生的事，但在猫咪的精神世界来看，说这是自己夭折的宝宝重生了也没有错。如果人类的精神世界是 N 维，那没有记忆的猫咪世界或许也可以视为 N-1 维。

随着一天天长大，小不点变得愈来愈可爱。一方面，它有三毛和小玉都没有的长尾巴，另一方面，又具备三毛和小玉都没有的性情。如果说三毛是古板守旧的年轻妈妈，小玉是乡下来的书生，那么小不点则具备都市住宅区少爷的特质。有些时候它会耍耍小聪明，但也因为这样，才更有不讨人嫌的可爱之感。

小猫挺直小小的背脊，把长尾巴弯成へ字形，老是找养母三毛打架，但三毛总像母亲一样适时地安抚它。如果小不点实在太烦人，三毛就干脆奉陪到底，粗鲁地压着小猫的脖子，将它推倒后再逃跑。但在这样的情况下，只要不恶言责骂，就远比某种类型的人类母亲好多了。还有，小猫再怎么受到过分的对待，也不会畏缩或闹别扭，这一点也实在比我们的孩子了不起得多。

可以独立生活后，小不点被亲戚领养走了。接它走的爷爷来家时，孩子们把它带到三毛身旁，七嘴八舌说地说着虽然要分开了小猫还是会受到疼爱之类的话。但只是这样说，三毛大概什么也听不懂。和小不点永别后，三毛仿佛这个世界上什么也不曾发生过一样，蹲坐在缘廊的柱子边，一副很舒服的样子眯着眼。这模样在我们这些罪孽深重的人类看来，总显得有点落寞。在那之后的一两天里，我们有时也会看到三毛有像是在找小猫的举动，但也就只是如此而已。对我家的猫来说，它终于恢复了悠闲和平的日子。与此同时，几乎已经遭人遗忘的小玉，存在感却变得愈来愈鲜明。

我们称呼小玉时，会亲昵地称它为"小玉叔叔"。身为对小猫漠不关心、十分冷淡的叔叔，小玉一向是大家批判的焦点。小不点走后，这也已经成为过去，小玉又变回了之前那个已经长大的猫咪。即使是对待小不点有着明显差别、看起来俨然是个母亲的三毛同样也是如此。它被我最小的孩子一把抱住时，就会一边挣扎，一边喵喵地叫着，想要逃跑。我看到那副情景，更觉得三毛的母亲形象已然破灭。

夏天快要结束时，三毛再度生下小猫。这次也事有凑巧。妻子正好要带着孩子出门去，但因为三毛的样子实在奇怪，我便要她暂时留在家里，看护着它。我们在储藏室角落较暗的地方摆了几个竹编行李箱，让三毛躺在里面。缓缓抚摸它的肚子后，它叫了几声，似乎很开心，不久后，便顺利分娩出四只小猫。

猫妈妈看起来对人类准备的睡床不怎么放心，不知何时将四只小猫叼进了储藏室的高层柜子里。孩子们不理会我们的一再阻止，搬出高高的踏台上去窥看猫咪。我脑中不经意地浮现出契诃夫[1]的短篇里小猫和孩子的对话，便也不打算严厉责备他们的举动了。

小猫张开眼之后，我们有时会从柜子上把小猫抱下来，让它们

---

1 契诃夫（1860—1904），俄国短篇小说名家、剧作家。

在榻榻米上爬行。这时家里所有人都会聚集过来，围观这一大奇迹。

一天又一天的重复过程中，明显能够看出小猫还不太会灵活运用的脚，慢慢地变得稳定。从单纯的感觉的统合，慢慢建构出经验与知识，我想这样的途径或许和人类的婴儿十分类似。而它们的进步相较于人类，更是快得令人讶异，这一点也难以阻挡。像这样，比起智力渐近线（asymptote）远处的人类，智力渐近线附近的动物成长的速度更快一些，我认为这一事实是相当值得留意的。与物质相关的科学领域里，与此相似的例子似乎相当罕见。

有两只小猫和三毛的毛色大体相似。我们把其中一只叫作"太郎"，另一只叫作"次郎"。另外两只，一只有和小玉类似的橘红色毛发，另一只有像它一样灰色和褐色条纹般的斑点，我们把前面那只取名为"小红"，后面那只取名为"小猴"。小猴脸上的条纹和歌舞伎里的"猿隈"[1]相似，便取了这个名字，而它背上的斑点像老虎，所以我们也会叫它"奴延"[2]。只有这只奴延是母的，其他三只都是公的。

随着一天天成长，四只小猫的个性差异也愈来愈明显。太郎温和又可爱，确实像是只小公猫。次郎像大少爷这一点和太郎很像，但它有时有些粗鲁，还有些迟钝。至于小红，看它的表情有时会觉

1　猿隈是日本传统文化歌舞伎中代表猴子角色的妆容，歌舞伎的脸谱则统称为隈取。

2　奴延原文为鵺，又称为夜鸟，是日本传说中的妖怪，有猴子的面容、蛇的尾巴以及老虎的身体。

得像是只神经质的狐狸，但它实际上很胆小，或者说是慎重，性格上不像小猫。小猴因为是母猫，有些母猫的特质，一被抓住就会尖叫，把我们吓一大跳。

只要把小玉带到小猫群里，小红和次郎就怕得要命，拱起背站立起来，紧张得全身僵硬。但太郎和小猴很快就习惯了它，变得毫不在意。小玉仍然是极度冷漠的大叔模样，大概觉得小猫很烦人，一下子就不知道逃到哪里去了。

四个孩子对四只小猫的感情同样天差地别。这是无人能干预的自然法则。虽说有自己的好恶不是一件好事，但若是在一个没有好恶的世界，不知道该有多么落寞。

小猫各自都有人认养。太郎去了据说在某家百货公司工作的一对夫妻家，次郎去了有点远的大宅，小红去了一个独居在山野的人家，最后小猴则去了附近电车大道的冰店。大家都各自安顿好了。在送走它们之前，我用油彩画下了四只小猫睡觉的样子作为纪念，至今这幅画仍挂在我书房的架上。虽然画得不好，但每当我看到它时，心里总会感到一丝温暖。

收养太郎的那家人和我们有些交情，所以年幼的孩子们经常去探望它。安置小猴的冰店过去也很方便，听说孩子们路过时都会去看看它。到了秋天，那家冰店会改卖地瓜，我也经常看到小猴趴在店门口能晒到太阳的门框处，用香盒坐姿[1]打瞌睡的模样。每次经过

1　香盒坐姿是指猫咪把前脚往内折的姿势。这个姿势代表猫咪大体放松，但仍有几分警觉。

店门口时，我总像是在偷看店里的情景一样，这样的举动，连我自己都觉得好笑。

直到现在，家人还是经常会谈起小猫们的事情，而猫咪也难免会遭遇逆境或是厄运。前不久，家人还拿死在附近水沟里的可怜流浪猫的孩子来加以比较。有人认为出生时被遗弃，但后来被捡回家来由三毛抚养，又被有钱人家认养的小不点是最幸运的；也有人觉得去了独居在山野人家的小红应该最开心；妻子对于好运没有降临在她特别疼爱的太郎身上一事，似乎有些遗憾；至于我，则对睡在地瓜店门口的小猴最终的命运更加在意。

有天晚上夜深时分，我在回家的路上经过地瓜店的一角，在巷子里的垃圾桶旁发现了缓步走着的小猴。我靠近它，摸摸它的头，它也没有逃跑，就这样乖乖地让我摸着。不知为何，它的背部十分瘦削，毛发看起来似乎已经没什么光泽了，这让我感到哀伤。

我怀着帮女儿清理梳洗的父亲般的心情，走出月光朦胧的巷子，快步走回到附近的家中。

我在猫咪身上感受到的那份纯粹而温暖的爱，却无法在人类身上感受到，这令我感到遗憾。要想在人类身上感受到这种感情，我或许必须得比人类更加高等才行。这不可能实现，即使有一天真的实现了，我恐怕也会感受到超人的孤独与悲哀。凡人如我，还是疼爱小猫就好，至于面对人类，或许就只能抱持应有的尊敬、亲近、恐惧、顾忌，或是憎恨的态度罢了。

猫町

萩原朔太郎

　　我之前见到的奇妙街景，确实存在于方位倒转的"宇宙逆空间"里。

　　偶然发现这样的情况后，我便故意制造出方位上的错觉，每隔几天便踏入这个神秘的空间来一趟旅行。再加上前面提到的我的缺陷，这趟旅程正好和我的目的不谋而合。

萩原朔太郎

(1886—1942)

◎

诗人，被誉为"日本近代诗之父"。他生于群马县的医生家庭，少年时期受堂哥影响，开始学习创作短歌，此后在《明星》《朱栾》等文艺杂志发表短歌长达十余年。

1913年，他先是在北原白秋主办的杂志《朱栾》上读到室生犀星的诗，深受感动，接着自己也在《朱栾》上发表了多篇诗作，就此跻身诗坛。之后，他与诗友成立了人鱼诗社，并于1917年出版了首部个人诗集《吠月》，受到文豪森鸥外的大力推崇，在诗坛奠定了稳固的地位。三好达治、堀辰雄、梶井基次郎等文坛上的重量级作家，皆曾师从萩原朔太郎。1935年前后，萩原朔太郎进入创作高峰期，诗、散文、评论等作品接连问世，发表平台遍及报纸、杂志和书籍。他的诗作以口语写成，后人将他与高村光太郎并称为口语自由诗的奠基人。

1993年起，群马县为纪念这位在当地出生的诗人，设立了评选现代诗的"萩原朔太郎奖"，至今仍年年评奖。

打死苍蝇的那一刻，苍蝇本身并没有死去，只是苍蝇这个现象消失了而已。

——叔本华

一

对于旅行的向往，逐渐从我不切实际的幻想中消退。以往，仅仅是天马行空地想象关于旅行的意象，如火车、汽船、不认识的异国城市等，就会令我相当兴奋。然而过去的经验告诉我，旅行不过就是"同一空间里同一事物的移动"罢了。不论去哪里，仔细观察就会发现，都是相似的人类，在相似的村庄或城镇，重复地过着同样单调的生活。无论在哪个乡村小镇，商人都会在店里打着算盘，终日看着苍茫的街道度日；官员都是在政府机关里一边抽着烟，一边想着午餐的菜式，日复一日地过着乏味又单调的每一天，迎向逐渐老去的人生。对于旅行的向往，就像在我已显疲惫的心灵的阴暗角落里生长的梧桐般，映照出无聊至极的风景，无论在何处都重复地以相同调性的法则运转，只会让我感受到自己对于人类乏味生活的厌恶。我对于任何旅行，都再无任何兴趣与幻想。

从很久之前，我就一直用看似独特实则有害的方法，持续着奇诡的旅行。这种专属于我的旅行，利用了人能够翱翔于时空与因果之外的唯一瞬间，也就是梦与现实的那道边界，在主观建构而成的自由世界里遨游。话说到这里，关于我的秘密应该无须多言了吧。需要附加说明的是，由于准备抽鸦片的用具相当麻烦，加上鸦片在日本很难买到，因此我多半以能够轻易注射或服用的吗啡和可卡因之类的药物来替代。凭借这些药物的麻醉作用，我会坠入恍惚的梦中。至于梦里我神游各国的旅程，在此无法一一详述。但大多时候，我都在蛙群聚集的沼泽地，或邻近极地、有企鹅出没的沿海地区等处徘徊。这些梦中的景色，全都以色彩鲜艳的原色呈现，无论是大海或是天空，都呈现出玻璃般透明的正蓝色。苏醒之后，我仍然留存了这样的记忆，因而经常在现实的世界中产生奇怪的错觉。

药物引领我进入这种旅程，却严重地损害了我的健康。我每天都憔悴不堪，毫无血色，皮肤衰老暗沉，于是我开始注意自己的养生。有一天，在散步的途中，我偶然发现了一个能满足我这种旅行怪癖的新方法。我遵循医嘱，每天走到离家四五条街区（约三十分钟至一小时）的区域散步。那天，我也和平时一样，在平常散步的区域走着。以往我都走固定的路线，只有那一天，我不经意地穿过了从未走过的小巷，接着便走了完全错误的路线，乱了方向。我原本就是在感受方位的机能上有显著缺陷的人。因此我不太会认路，只要踏上有些不熟悉的土地，立刻就会迷路。除此之外我还有个怪癖，走在路上时我会沉浸在冥想中。即使途中遇到认识的人和我打招呼，我也浑然不知，因而常在自家附近迷路，向人问路而遭到取笑。之前我曾在长期居住的自家四周，沿着围墙绕了十几圈。由于搞错方向，我怎么也找不到近在眼前的大门入口。家人说，我肯定是从狐狸幻化而成的。这种所谓狐狸幻化而成的状态，应该就是心理学家所说的半规管病变[1]。根据学者的理论，感知方位的特殊功能，就是耳内半规管这个部位的功用。

先不扯太远。我一面因为迷路而感到困惑，一面胡乱猜测方向，想要赶快回到家里。在种着大量树木的郊外住宅区绕了好几圈后，我不知不觉地走到了热闹的大街上。那是一条我完全不认识的美丽街道。路上打扫得十分干净，露水沾湿了铺路石；每间商店都舒适整洁，擦拭过的玻璃橱窗里，摆设了各式各样的珍稀商品；咖啡厅屋檐边的大树上繁花盛开，为街道增添了光影交错的情趣；路口的红色邮筒也是一道美景，就连烟草屋里的女孩，也如杏花般明艳动人，惹人怜爱。过去我从未见过如此富有情趣的街道。这里的街道，

1　半规管是人类内耳迷路的组成部分，负责感知身体的平衡。据当代科学研究，感知方位的部位位于大脑皮层及脑干等区域，下文作者援引的理论疑有误。
——编者注

到底位于东京的何处呢？虽然我已经不记得地理位置，但是以时间计算，我至少可以确定这里离我家很近，就在徒步只需半小时的地方，在我平时的散步区域或邻近的范围里。但是为什么在这么近的地方，会有这样一条至今都丝毫不为我所知的街道呢？

我感觉自己像在做梦。感觉那不是现实中的街道，而是投影在幻灯片幕布上的街道剪影。然而在那一瞬间，我的记忆和常识都恢复了正常。仔细一看，原来那就是我所熟知的一条无聊透顶、平凡无奇的附近街道。就像平时一样，红色邮筒伫立在路口；烟草屋里患有胃病的女孩安坐店内；每间商店的玻璃橱窗里，总是摆设着过时的商品，上头布满灰尘；咖啡厅的屋檐边，装饰着土气的人造花拱门。这一切都是我司空见惯的、始终感到无趣的同一幅街景。它在一瞬之间，给我留下了全然不同的印象，而这种魔法般不可思议的变化仅仅是由于我迷了路，对方位产生了错觉的缘故。一直在街道南端的邮筒，看起来像是在另一侧入口的北边；一直在左侧街边的商家，反而移去了右侧。仅仅是这样的变化，就让整条街道看起来像是从未见过的全新事物。

当时，我在误以为陌生的街道上，凝视着一家商店的广告牌，广告牌上的画让我觉得似曾相识。接着，当记忆恢复的那一瞬间，所有的方位整个发生了逆转。我立刻发现，原本位于左侧的道路变成了右侧，而原本以为朝北走的我，其实是在朝南走。那一刻，指南针的指针大幅转动起来，东西南北的空间地域，全都反向地扭转。

与此同时，整个宇宙也都产生了变化，眼前呈现出截然不同的街道情趣。也就是说，我之前见到的奇妙街景，确实存在于方位倒转的"宇宙逆空间"里。

　　偶然发现这样的情况后，我便故意制造出方位上的错觉，每隔几天便踏入这个神秘的空间来一趟旅行。再加上前面提到的我的缺陷，这趟旅程正好和我的目的不谋而合。不过，即使是具有健全方向感的人，偶尔应该也会和我一样，有过这种特殊空间的经验吧。例如各位在夜深时分搭乘火车回家，一开始从车站出发时，火车沿着轨道由东往西直线前进。但没过多久，你小睡一会儿后从睡梦中醒来，却发现火车的行进方向在不知不觉间发生了逆转，由西往东反方向前进。理智告诉你，这绝无可能，然而以感知上的事实而言，火车确实以反方向行进，离你的目的地愈来愈远。这时，可以试着望向窗外。平时途中见惯的车站和风景，或许全都会变得陌生，无法唤醒丝毫的记忆，看起来就像是全然不同的世界。直到最后火车到站，你踏上往常的月台时，才会终于从梦中清醒，认清现实的正确方位。而这种魔法一旦解除，你一开始见到的异常的景色与事物，都将转变为平凡无奇、再熟悉不过的无聊事物。也就是说，一开始你是从背面望向这片相同的景色，之后则恢复平时的习惯，再次从正面眺望。像这样，只要改变视线的方向，就能看到一件事物不同的两面。就像同一种现象，有其不为人知的"秘密背面"。再也没有什么问题比它更带有形而上的神秘色彩了吧。当我还是个孩子，看着挂在墙上画框里的画时，总会着迷地不断思考，到底在这画框景色的背后，藏有怎样的秘密世界。我曾把画框拿下来好几次，窥看油画背面。即使如今我已长大成人，当初那个孩子的疑问，仍然始终是我想解开的谜。

接下来我要说的这个故事，为我想要解开的谜团，提示了某个关键的线索。身为读者，如果你能从我这个不可思议的故事中，想象暗藏在事物与现象背后的世界、第四维世界或者说景色背面真实存在的可能性，这个故事的一切便真实不虚。然而若是各位无法想象，那么下面这个我确实经历过的真实事件，终究不过是因吗啡中毒中枢神经受损的一介诗人随意闲聊的颓废幻觉罢了。总之我还是鼓起勇气写写看吧。我并非小说家，不懂得如何通过角色和剧情的安排引起读者兴趣。我能做到的，就只有将自己经历的事实如实写下而已。

二

那段时间，我暂住在北越一处名为 K 的温泉。时间接近九月底，在秋分之后的山中，能够充分感受到秋天的气息。来自都市的避暑客都已离开，剩下少数温泉疗养的住客在此静静养病。秋天太阳照射的角度日渐低斜，旅馆寂静的中庭里，树上的落叶纷纷飘落。我穿着法兰绒浴袍，一个人在后山散步，百无聊赖地进行每天的例行公事。

离我所在的温泉区不远处有三个小镇，这三处与其说是小镇，其实是更接近村庄的小部落。其中一处是一个小巧的村镇，这里既贩卖一般的日常用品，也有为数不少的都市风情的饭店。从温泉到这几个小镇，全都有直通的道路，每天会有定时的马车巴士来回行驶，尤其是在前往繁华的U镇的路上还铺设了小型轻轨。我经常搭乘这条轻轨进入小镇购物，偶尔也会去有女性陪酒的酒馆小酌一番，但我真正的乐趣是在搭乘轻轨的路途中。那如玩具般可爱的火车，就在落叶林和看得到谷底的峡谷间，高低蜿蜒地行驶着。

某天我搭乘轻轨在中途下车，徒步往U镇的方向去，因为我想独自在那视野绝佳的峰顶山道悠闲地散步。步道沿着轨道，穿过林中不规则的小径。处处可见秋季的繁花盛开，赭石的表面洒满阳光，砍下的树木横倒在地。我一边仰望天空中飘浮的白云，一边思考此处山中流传的古老传说。一般来说，文化程度较低、充斥着原始部落的禁忌和迷信的地方，确实会有各种故事和传说。直到现在，大多数人仍然对此深信不疑。我现在投宿的旅馆的老板娘，还有从邻近村落前来温泉疗养的人，都会以某种惧怕又嫌恶的情绪，对我讲述各式各样的传说。据他们所说，有些部落的居民被犬神附身，有些部落的居民则被猫神附身。犬神附身的人只吃肉食，而猫神附身的人则只吃鱼维持生命。

这些诡异的部落被这一带的居民称为"妖附村"，没有人愿意和它们打交道。"妖附村"的居民每年会选择一个没有月光的暗夜举行祭礼，祭礼的情景除了他们之外，一般人完全看不到。即使偶尔有外人经过，见过祭礼，回到镇上后不知为何也都闭口不提。大家都说那些人拥有特殊的妖法，藏有不知从何而来的大笔财产，诸如此类。

听闻这些传言后，人们更加添油加醋地口口传述。他们说，其中一个这样的部落，直到不久前都还群居在温泉区附近。如今总算瓦解，居民四散各地，但恐怕多半是在某处继续他们秘密的团体生活。有人说曾亲眼见过他们的神（魔神的真身），并将其视为这个团体存在的铁证。这些人在说这些故事时，带有农民特有的顽固。无论如何，他们都想将自己对迷信的恐惧与笃信灌输给我。不过我也觉得别有一番趣味，因此对于大家所聊的传说我听得津津有味。在日本各地，拥有这类妖术的，多半是风俗习惯与我们相异的外邦人和移民的子孙后代，他们将祖先视为神而加以崇拜。或者还有一种更进一步的推测：那些实际上是基督教徒秘密聚集的部落。不过，天地之间总会有无数个不为人知的秘密。如同霍拉修[1]所说，理智并不能让我们无所不知。理智将一切事物常识化，在神话里以通俗的

---

1 霍拉修，莎士比亚的悲剧作品《哈姆雷特》中的角色之一，是主角哈姆雷特的挚友。

方式加以解说。而宇宙所隐含的意义通常都会超越常识。因此所有哲学家深入探究到最后，总会在诗人面前臣服。唯有诗人直观感知到的超越常识的宇宙，才是真正的形而上的存在。

我沉浸在如此的思维中，独自走在秋日的山路上。这条狭窄的山路沿着铁道，消失在山林深处。想要前往目的地，我唯一能依循的路标只有铁轨，但此处再也不见铁轨的踪影。我不知道该走向何方。

"迷路了！"

结束冥想时，在我脑海中浮现的，是这个令人心慌的词。我突然感到相当不安，慌忙间想要找寻归路。我转过身，打算反方向往一开始的道路走去，结果更搞不清楚方向，走入多处分岔的迷宫里，进退两难。我愈走愈往深山里去，小径在荆棘里消失无踪。时间白白消逝，连一个樵夫也没遇到。我愈发感到不安，像狗一般焦躁地想嗅出正确的道路，不断走来走去。最后，终于发现一条有明显的人和马脚印的狭小山道。我一边留意那些脚印，一边往山脚的方向走。不管走到哪座山的山脚，只要到达有住家的地方，至少就能放心下来了。

几个小时后，我到达山脚，竟发现了一处完全超乎想象的人类世界。那里并非贫穷农家，而是繁华美丽的小镇。之前，我有位朋友曾和我聊起西伯利亚铁道之旅。他说，他搭乘火车在那个满目荒凉、渺无人烟的旷野中没日没夜地前进了好几天，终于停靠在沿线的一个小站旁，在那里，竟然可以看到无比繁华的都市景象。而我当时见到那番景象时的惊奇程度，恐怕也不亚于这位朋友。我奔向山脚低洼的平地，那里有数不尽的住家，建筑林立，高塔与大楼在阳光的照射下绚烂夺目。在这样偏僻的山中，竟有如此富丽堂皇的城市，实在让人难以轻易相信。

我好像是在观看幻灯片一样，慢慢地往小镇的方向走去，走着走着，终于连自己也置身其中。我从镇上一处狭小的巷弄走进去，穿过如同母亲子宫般狭窄阴暗的小径后，来到了繁华大道的正中央。我在这里所见的街市景象十分罕见。林立的商店和建筑物，雕琢出风雅不俗的情趣，更是构成了小镇整体风格上的统一美感。不仅如此，这里还很有年代感。这种感觉并非是刻意营造的，而是偶然产生的结果。眼前的这幅景象诉说着小镇古典优雅的历史与居民的漫长记忆。整个小镇形态狭长，即使是大马路，也才勉强有四五米宽，其他小路则成为夹在建筑物间的狭窄巷弄。我从有如迷宫般曲折，并且铺设了石砖的斜坡往下走，钻到了一条如隧道般阴暗的小路，楼上向外推开的窗户洒下了斑驳的阴影。处处可见树上盛开的繁花，附近还有水井，我仿佛身在南国小镇一样。整座小镇像是被苍翠的绿树环绕，随处可见长长的树影。几座像是青楼的房子并排而立，从中庭内某处传来了高贵优雅的乐声。

大街上多是装着玻璃窗的西式住宅。理发店门口，以红白条纹木腿架设的招牌上，用油漆写着"Barbershop"（理发店）的字样。这里也有旅馆和洗衣店。镇上的十字路口有家照相馆，有如气象台般的玻璃住宅，孤寂地映照着秋日的蓝天。钟表行里，戴着眼镜的老板端坐着，静静地埋头工作。

街上人潮汹涌，热闹又拥挤，却丝毫听不到任何的声响，街景优雅娴静，像是熟睡的影子般摇曳着。这是因为除了步行的人以外，会发出声响的车辆马匹等一概不得通行。然而不仅如此，就连人群也悄然无声。无论男女，每个人看起来都优雅有礼，高贵大方；特别是女性，不但美丽温婉，更带有几分娇媚。在店里买东西的人，在路上聊天的人，全都举止端庄，用听起来相当舒适的语调低声谈话。这样的语调和谈话，与其说是用耳朵听，更像是通过某种柔软的触手，以抚摸的方式来探知对方想表达的意思。尤其是女性的话语声，更像是在抚摸肌肤的表面一样，有种甜美而又令人醉心的魅力。这一切景物都如幻影般来来去去。

我最先留意到，这个小镇的整体环境是人为构造的，人们极为留心地注意每个环节才造就了这一切。不仅仅是建筑物，营造出小镇这种氛围的所有事物，都在致力于实现某个重要的美学意象。哪怕是空气中微乎其微的骚动，也要极力避免它破坏对比、匀称、协调和平衡的美学法则，这样的小心翼翼遍布于各个角落。加之建构出这种美学法则需要相当复杂的微分计算，因此整座小镇都绷紧神经，处于极度的不安之中。就像是音调偏高的词汇会破坏和谐而遭到禁止，在路上行走时，挥动一只手时，用餐喝水时，思考时，挑选衣服花色时，都必须时时细心留意是否和小镇的气氛彼此协调，是否和周围事物保持平衡。整座小镇像是由一片单薄的玻璃构成的、会轻易损毁的危险建筑物，即使只是稍稍失衡，整栋房子便会崩解，玻璃便会粉碎。为了维持它的稳定，需要一根又一根由微妙的计算搭建而成的支柱，以对比与匀称的法则来苦苦支撑。然而可怕的是，这些都是这座小镇的真实情况。即使是一个不小心，也意味着它们全体的崩坏与灭亡。小镇的每一条神经，都在这种惊惧与惶恐之下绷到最紧。看起来充满美感的小镇意象，并非仅仅为了趣味而存在，背后更是隐藏了可怕的、深切的问题。

开始留意到这一点之后，我突然不安了起来，在周围充满张力的空气中，感受到神经紧绷的痛苦。小镇特殊的美，如同无声梦境般的娴静，反而隐藏了某种令人不快且骇人的秘密。我感觉到，人们正在互相交换暗号。不知道怎么回事，某种不祥的预感以苍白可怕的模样在我脑海中匆匆闪过。所有的感觉都释放出来，物体细微的色彩、气味、声响、滋味，甚至是意义，我都能确实地感知到。我周围的空气里，满是死尸般的臭味，气压也随之渐渐升高。此处所显现的确实是某种凶兆。现在的确有不寻常的事发生。肯定有事发生！

小镇没有出现任何变化。街道上仍然人潮汹涌，安静无声，优雅的人们依然在路上前行。远方某处接连传来拉动胡弓的低沉声响，听起来悲伤不已。那是一种预感，包裹着令人恐惧的不安，就像大地震来袭的前一刻，某处有人正奇怪地观察着和平时没有丝毫差别的地平线一样。此刻，只要有细微的波动，比如有一个人倒下，这份建构好的协调感就会遭到破坏，整座小镇都会陷入混乱中。

我就像身处噩梦之中，意识到自己在梦境里而努力想睁开眼睛、拼命挣扎的人一样，在可怕的预感中焦躁难安。天空呈现透明清澈的蓝色，空气像是充满了电，密度节节升高。建筑物不安地扭曲变形，像生病了一样变得瘦弱。处处可见有如高塔的建筑，屋顶也异常地拉长，看起来就像细瘦的鸡脚，骨头怪异地凸出，形状畸形。

"就是现在！"

一阵恐惧感在我胸口流窜，正当我忍不住叫出声时，有个小小黑黑、像老鼠般的动物从街道正中央走过。那幅景象鲜明地映在我的眼里，不知为何，让我心生某种异常、唐突、破坏了整体协调的感觉。

一瞬间，万象静止，无尽的沉默在空气中扩散开来。我不知道发生了什么事。然而下一秒，超乎常人想象、前所未有的可怕怪事发生了。定睛一看，一大群猫塞满小镇的街道，浩浩荡荡地在街上行走。猫、猫、猫、猫、猫、猫、猫，不管望向何处，都是猫。留着胡须的猫从家家户户的窗口向外探出脸来，就像是画框里的肖像一样。

惊吓中我几乎无法呼吸，差点就要昏倒。这里根本不是人类居住的世界，而是只有猫居住的小镇啊。到底是怎么回事？我能相信眼前的景象吗？现在我的脑袋确实不太对劲。我看到了幻象，不然就是疯了。我自身的宇宙失去了平衡，已然崩坏。

我开始害怕起自己来。我强烈地感觉到一股令人恐惧的最终的破灭正朝我逼近。战栗在暗夜中疾走。但在下个瞬间，我便恢复了意识。静静地让内心平静下来，我再次睁开眼睛，重新观看事件的真相。那时，无法解释的群猫景象已从我的视觉中消失。小镇里毫无异样，窗户大敞着。路上没有任何事发生，无趣的街道一片苍茫。到处都不见有任何猫咪的踪影，而整个小镇的样貌也有一百八十度的转变。小镇上平凡的商家林立，乡下随处可见的疲惫又满身脏污的人们，走在白昼毫无生气的街道上。那个魅惑的奇异小镇仿佛消失了，就像歌牌[1]翻了面一般，呈现出全然不同的世界。这里出现的，是一个再平凡不过的乡村，而且根本就是我所熟知的那个镇的模样。一如往常的理发店里摆着空荡荡的椅子，老板望着白天的街道；落寞小镇的左侧，门可罗雀的钟表行像平时一样大门紧闭，店员打着呵欠。一切都是我所熟悉的景象，生活单调的乡下小镇一如往常，毫无变化。

　　此时，我的意识已经十分清醒，终于了解了所发生的一切。愚蠢的我，之前提到的知觉疾病"半规管病变"又发作了。在山上迷路时，我已经没了方向感。原本打算从另一头下山，却又回到了 U 镇。加上那里和我平时下车的车站处于完全不同的方位，我竟在小镇中心迷了路。因此，那里的景象和我记忆中的完全相反，就像是从指南针的相反方向看过去，上下四方、前后左右全都发生了逆转，我见

1　歌牌是日本人过年时玩的纸牌游戏，一面印有和歌，另一面则印有图案。

到了四维空间里的另一个宇宙，或者说是景色的背面。如果按往常的说法，我应该是"受到狐妖迷惑"了。

三

　　我的故事就此完结。但所有不可思议的疑问，却又从此处重新萌生。中国的哲学家庄子曾做梦变成蝴蝶，醒来后便疑惑地自言自语，到底梦中的蝴蝶是自己，还是现在的自己是自己？[1]这个亘古之谜，跨越数千年仍无人能解。是谁目睹了令人产生错觉的宇宙，是受到狐妖迷惑的人，还是保有理智、意识正常的人？形而上的真实世界，究竟存在于景色的背面还是正面？恐怕没有人能回答这些疑问。然而那个不可思议的妖怪小镇，那个无论是窗户、屋檐或街道都挤满了猫咪的奇怪猫町的景象，至今仍留在我的记忆里。我那鲜明的记忆，即使在过了十几年后的今天，都还能再现那个可怕的场面；一切都在我眼前生动清晰地显现。

　　人们听了我的故事，讥笑说那是诗人的病态错觉，可笑的虚妄

　　1　庄周梦蝶的典故中，庄子醒来后不知是自己梦中变成了蝴蝶，还是蝴蝶梦中变成了自己。此处作者的描述有些出入。——编者注

幻影。但我确实见到了只有猫居住的小镇，小镇上的猫都展现出如同人类的姿态，群聚在街上。无论是否合理，无论人们如何议论，我在宇宙的某处"见到"了这番景象，对我而言绝对是毫无疑问的事实。面对众人的冷嘲热讽，我至今仍然深信不疑。传说中日本海沿岸的奇特部落，那个只有猫精灵居住的小镇，必定在宇宙的某处真实存在着。

弃猫坡

丰岛与志雄

  弃猫坡是最近的路线，我满不在意地爬上那条陡坡，拿到药之后，也丝毫不以为意地从那条斜坡回程。不经意之间，我朝那个用旧木板围起的、如洞窟般的地下室里望了一眼。

丰岛与志雄

(1890—1955)

◎

　　小说家、翻译家。出生于福
冈县，东京帝国大学法文系毕业，
求学期间同芥川龙之介、菊池宽
等人复刊《新思潮》杂志，并于
刊物中发表小说《湖水和他们》等，
由此步入新人作家之列，并与太
宰治交情匪浅。毕业后于法政大
学、明治大学等高校担任教职，
著作颇丰，出版有长篇小说《白
色的早晨》、短篇小说《山吹之花》
等。在翻译方面的成就胜于文学
创作，1917 年翻译的法国小说家
雨果的《悲惨世界》成为日本畅
销译本，其后经多次修订，至今
仍广为流传。

医院后方，有条狭窄的陡坡。一侧是水泥墙，墙外有几株栗树，枝叶长得相当茂盛。另一侧则是高出地面的断层，上面是水泥建成的医院的研究所。斜坡的中央铺设着宽约二尺[1]的花岗岩，那里是人走的通道，两侧杂草丛生，积满了煤灰和尘土，瓷器碎片散落一地，给人以阴暗潮湿的感觉。人们经常把小猫或病猫丢在这里。我不知道斜坡的名字，说不定根本没有名字，也有些人干脆将这里称为弃猫坡。

战争期间，这条弃猫坡靠近医院的一侧曾遭空袭，一时间火舌肆虐，医院烧得只剩下主建筑里的病房区，而木造的附属建筑以及附近的民宅等全都被大火吞噬。因此，虽然弃猫坡附近开阔明亮，却令人感觉无比阴森。

医院一侧的断层只有四尺高，连接着斜坡和断层顶部平坦的地面，再往上走则是留有火烧痕迹的广场。断层的中央有一个类似洞窟的地方，从上面看起来就像是地下室一样。铁栏杆里的磨砂玻璃门紧闭着，但玻璃早已被烧毁，整道门摇摇欲坠。被火烧过的铁皮紧紧地压在门上，还有铁丝绑在上面。从铁皮的缝隙往内窥看，洞

1　日本在明治时期对"尺"进行了标准化规定，一尺约为 30.3 厘米。

窟上方的出入口有光线透下来。洞内有个像是在金鱼店里常见到的四方形水池，里面堆满了尸体。焦黑干瘪的躯体、皮肤烧伤溃烂的头颅、满地四散的肋骨、弯折扭曲的四肢、竖起的手脚随处可见。大火应该烧到了酒精桶处，大多浮在液体上的尸体，再现出受到猛烈灼烧的惨状。空气中弥漫着恶臭。另一间房里也有一个酒精桶，上面盖上了厚厚的盖子。说不定在那桶酒精里，也有几具尸体浮浮沉沉。

人们窥见如此惨烈的景象后，谣言开始流传，还有些人特地前去一探究竟。然而，这里经常遭到空袭，谁也无法保证自己明天会经历什么，因此医院太平间火烧后的残迹并没有在人们心中留下太深刻的印象。战争结束后，院方为了不让人从外面窥看，便用旧木板将这个太平间围了起来，这样反而让附近的人再度回想起它内部的状况。由于什么都看不见，过去的传言在人们的想象中变得更夸张了。原本就很少有人经过的弃猫坡，到了晚上更是几乎不见人影。

斜坡下方有间屋子，屋前的灯光隐约可见，光照之下整条斜坡显得更加昏暗阴森。洞窟内的恶臭有时会猛然间泄露出来。不仅如此，烧焦的骷髅头、肋骨、手和脚仿佛也会随着臭味晃荡出来。

斜坡陡峭，通道上的花岗岩铺路石又光滑。有天晚上，杂货店的老板娘在此摔倒，扭伤了脚踝。

据说老板娘走下斜坡时，不知道从哪里传来这样的声音：

"快走、快走。"

正当老板娘感到奇怪时，声音又出现了：

"快走、快走。"

老板娘吓得加快了脚步，就在这时摔了个跟头。

还有一天晚上，近藤家的女佣也在斜坡上摔倒了，手背和膝盖都擦伤了。

她从澡堂回家的途中，正要爬上斜坡时，听到了这样的声音：

"快走、快走。"

她觉得很奇怪，决定不爬上斜坡。正打算掉头走的时候，突然摔倒了。

当然，这些声音多半是由于恐惧而产生的幻觉。但事实上，我也曾有过这样的经历。

那天，我的母亲又犯了病，受病痛折磨，不巧止痛药用完了。虽然当时天已黑透，我还是跑出去找医生拿药。弃猫坡是最近的路线，我满不在意地爬上那条陡坡，拿到药之后，也丝毫不以为意地从那条斜坡回程。不经意之间，我朝那个用旧木板围起的、如洞窟般的地下室里望了一眼。之前我也曾经往里面偷看过。这次张望之后，我觉得不太舒服，便移开了视线。就在这时，有阵恶臭飘进了我的鼻子，和我之前偷看时闻到的臭味十分相似。我用力地喘着气，就在往下走，走到斜坡中段觉得稍微放松下来之际，听到了这样的声音：

"快走、快走。"

我跑下斜坡。倒不是觉得可怕，只是觉得有什么丑恶的东西直接触碰到了我的皮肤。

回到家里，母亲仍在痛苦地呻吟，姐姐正帮她搓揉着腰间。

"还挺快。妈，药取回来了。您要马上服用吗？"

母亲点点头，发出不知所云的含混声音。姐姐把药包在淀粉做成的半透明薄膜里，让母亲配水吞服下去。虫子的叫声从某处传来，这是一个宁静的夜晚。大约才过了五分钟，母亲睁开眼睛。

"这次的药很有效呢，我已经不痛了。"

虽然心里嘀咕着药效应该没这么快，但姐姐和我什么也没说。果然，疼痛感再度来袭，母亲又开始呻吟。她的呻吟声渐渐转弱，直至消失，应该是睡着了吧。

不知过了多久，母亲再度睁开眼睛，目不转睛地朝我的方向看，感觉不像是在看着什么，眼神一片漠然。我毫不畏缩，始终回望着她。母亲的双眼不只空洞无神，根本就像是死物一样。电灯外面覆盖着纱罩，透出的光线一片朦胧，家里感觉像是笼罩着蚊香的烟雾似的。在这朦胧的视野中，母亲的眼睛眨也不眨地直盯着我的方向。就只是盯着，不是在看着什么。眼珠也早已了无生气，接着就连眼珠也溶解消失了，成了两个洞，只剩下空荡荡的眼窝。是那个地下室里骷髅头的眼窝！那东西始终催促着我：

"快走、快走。"

我想起那个声音。那个地下室的恶臭和病房的臭味相互交织。母亲总是排出带着臭味的分泌物，弄脏尿布，身上也已经出现腐臭味。

病房内弥漫着浓重且异样的气味。骷髅头的眼窝盯着我，朝我开口说：

"快走、快走。"

它是要我去哪里呢？这句话不只是对我说的。无论是对遭受病痛折磨的母亲，还是对因照顾生病的母亲而疲累不已的姐姐，或是对那些桶中烧毁的尸骸，它都是这么说的吧。对整个社会，整个世界，它都是这么说的吧。

姐姐用手戳了戳我的膝盖，接着又指向母亲的眼睛。

那双眼仍然睁得大大的。

"到底是怎么回事？"

姐姐的声音低沉，像是在哭。我陷入沉思，动也不动。姐姐把脸贴近母亲：

"妈，你怎么了？"

母亲若无其事地点点头，接着闭上眼睛。她的眼皮已经整个凹陷下去，无法完全闭上，看起来像是微微睁开一样。颧骨隆起，鼻子尖瘦，嘴唇也微微张开，耳后已经完全没有肌肉了。

"好像睡着了。"

姐姐自言自语，说完便长长地叹了口气，枕着手躺了下来。

我们都很清楚母亲的病情已经回天乏术，但就在几天前状况突然恶化，她几乎无法吞下任何食物，一直反胃恶心，毫无意识地排出带有臭味的分泌物，有时则会抱怨身体的疼痛。除了煮饭的时间之外，姐姐始终陪在母亲身旁，自己也日渐消瘦，气色一天比一天黯淡。我曾提议至少后半夜换我来照顾，姐姐却不答应，打算照顾母亲直到最后一刻。她说男人不方便帮母亲换尿布。病房的恶臭也沾染到她身上，姐姐却丝毫不在意。

病房约四个半榻榻米大。隔壁六个榻榻米大的房间，是姐夫和两个孩子的卧室。姐夫必须在公司超时工作，靠一个人赚取全家的生活费。自从母亲卧病在床，他也因为太过拼命而搞坏了身体，明显老了许多。二楼也住了一家人，我们这些穷人都挤在一起。整栋房子里充满了人的臭味，但与其说是体臭，其实更像是满身尘土污垢的臭味。不只是孩子们想哭，就连大人也无法打从心底开怀大笑。

只有那么一次，我看到姐姐落泪。当时姐姐正在洗母亲的尿布，附近店铺的老板娘来了，大声说道：

"可怜啊，照顾一个成年的婴儿很辛苦吧。"

老板娘走后，姐姐就在缘廊边上低声啜泣。我想她应该不是因为老板娘那句表示同情的客套话而感伤，也不是因为那种嘲讽的态度而心有不甘。她是因为母亲几乎和婴儿一样，无法控制地便溺而伤心难过。姐姐低声啜泣，泪水似乎怎样都无法止住。

"快走、快走。"

——你倒是说说，要走去哪里啊！

还有一次，有个女人在那条弃猫坡上休息。破得看不出花色的上衣领口和袖口大敞着，下半身紧紧地包裹着黑色工作裤。她光着脚，只有一只脚上穿了木屐，另外一只木屐挂在脚尖上。那个女人突然倒了下来，用一只手枕着头，趴在长满杂草的地面上。皮肤上满是泥土灰尘，褪了色的头发凌乱不堪，乍看起来像是死了，但似乎仍有一丝微弱的气息。她一直维持着相同的姿势，动也不动。我猜她大概是累倒在路边，睡着了吧。初秋的阳光只照到了她的脚尖。

在那道阳光下，有只经常在这条斜坡出没的小猫，正扭动着它带黑色斑纹的瘦弱身躯，走在女人的木屐四周，到处嗅闻着。它好像在喵喵地叫唤，但声音微弱得几乎听不见。小猫费尽力气从木屐旁走到女人的脚边，把那个区域整个地闻了一遍，便瘫软地趴在了草丛中。

中午过后，我途经此处，看到这番景象。傍晚时突然担心了起来，便过去看看：女人和小猫都不在那里了。斜坡处有点冷，天色渐渐地昏暗下去。然而，比起暮色，围住地下室的旧木板看起来更加灰暗。

那一次，新月的微弱光芒也像这样照在旧木板上。那是我唯一一次和那个女人接吻。

我在路边的小摊喝完勾兑的烧酒后，带着些微醉意回家，就在那时，遇到了走下电车的她。她看起来像是刚看完电影回来。我们既不交谈，也不并肩而行，就只是一起往前走。她是卖水果的杂货店里的女孩，不是老板的亲生女儿，而是从乡下来帮忙的亲戚，年纪似乎不小了。

她走在前面，泰然自若地往弃猫坡方向走，或许是与我同行的缘故，所以才不觉得害怕。我自然是一点儿也不怕。那是个有风的温暖夜晚。

斜坡的石子路无法容纳两个人并肩行走。她在前面，往斜坡下方走。脚边光线昏暗，颇为危险。风不大，却吹得栗树茂盛的枝叶沙沙作响。

下坡下到一半时，斜坡下方传来狗吠声。那声音不久便停了。女人忽然停下脚步。我不得不偏离石子路，往草丛里走去。走到和她并肩的位置时，她也迈开脚步往前走，身体却一直往我这里靠拢。最后，她也偏离了石子路，走入我所在的草丛中。我夹在她的身体和水泥墙之间，走也走不动。我一把挽住她的手臂，她也夹紧手臂，紧紧地夹住我的手。

这个女人真是乱来啊！一股愚蠢的斗志油然而生：既然你有这种意思，那就由我来征服你吧！我不再往前走，用空着的那只手抱住她的肩膀，让她把脸埋进我的胸口。我抱紧她，把脸凑过去，她也顺势抬起头来。那真是一个漫长而冷漠的吻。之所以吻了那么久，是因为她没有停下的意思。

吻她时，我越过她的肩，望向另一头旧木板围起的地下室。新月的微光正照在那些旧木板上。那道光，远处的那间地下室，似乎正在嘲笑我们的举动。不知为何，我渐渐地感到有些反胃。

我默默地推开她，走下斜坡，和她道别。

"再见了。"她说。

女人的脸圆圆的，看起来有些发福，脸颊虽有血色，肌肤却不像苹果般光滑，而像是柑橘一样坑坑洼洼。"再见了。"这是卖水果的女孩会说的话吗？和她道别后，我呸呸呸地吐了吐口水。

我决定从此以后再也不见她。谈什么征服她，说到底是她征服了我。

就算她消失不见，哪怕永远地消失，我心中也不会泛起任何涟漪。但是，当我发现那个倒在路边的女人，和她脚边遭人丢弃的小猫不知何时不见了踪影时，虽然此事和我毫不相干，但我心里却有些悲戚之感。地下室应该不会嘲笑我的这份心情吧。

地下室里的尸体，不管是那些烧烂的尸体，在酒精里浮沉的尸体，还是医院买来与我毫不相关的尸体，过去应该都曾是某个人的血亲。那层血缘的联系，也可以说人与人之间的联系，每到深夜就会喃喃低语：

"快走、快走。"

这不是鬼故事，而是悲痛且无奈的内心私语。那个累倒在路边，之后消失无踪的女人，仿佛也同样在低声地说：

"快走、快走。"

就连那只小猫，似乎同样也在对我低语。

到底该去哪里呢……我回到渐渐走向死亡的母亲身边。大大小小的事都由姐姐处理妥当，所以我只要待在一旁就好。

母亲喊痛的次数愈来愈少。医生说,这反而代表死神愈发接近了。难道连疼痛的感觉都没有了吗?我感到十分心痛,不忍心再看下去。

前来探病的客人,我们就在三叠榻榻米大的玄关处招呼他们,之后便请对方离开。这三叠榻榻米大的空间,由我们一家和二楼那家人共享,因此可以说是我们两家共同的接待室。朋友来时,我都会在那里和朋友聊天。

有天晚上,中学时代的老朋友带了一瓶酒来访。我们就在玄关喝起酒来。他对那瓶酒赞不绝口。比起路边摊小吃店里常见的勾兑烧酒,这瓶酒的风味堪称一流,他为之取名为酒精威士忌。这酒是他自行调制出来的,带着淡淡的颜色,具有淡淡的风味。考虑到大量批发给酒馆能够带来可观的利润,他打算大量生产,赚一大笔钱。他说,需要多少原料他都能弄到手,并游说我一起加入。

"管他什么合不合法,都无所谓。我可是要给我们同胞提供香醇的美酒,把他们灌醉啊。"

他在战时受到征召,奉命在关东平原一带巡守,战争结束后便复员回来。

据他所说,军队的主要工作似乎就只是在地面上行进。身体必须尽可能地贴紧地面,用手臂和膝盖快速地匍匐前进,和身上背负的炸弹一起撞向假想的敌军战车。尽可能低、尽可能快地匍匐前进。匍匐前进。这就是每天的工作。

"战争结束后,我站起身时,常感到头晕目眩。"

"和喝醉时的眩晕感一样吗？"

"不，不是那种感觉。喝醉时是外在的世界在旋转，我们则是自己的脑袋里在旋转。"

"我们。"他用了复数。但那应该不只是指军队，也是指更大范围的人群。大多数人在某种层面上，都是在地面匍匐前进。站起身时感到头晕目眩还算是好的，大多数人恐怕都是维持腹部贴地的姿势，疲惫无力地倒在地上。

这群人就聚在上野车站附近。既不是风将他们吹过去，也不是扫帚将他们扫过去，而是他们自己一寸一寸地匍匐前进，直到无法继续往前，自然而然地相聚在一起。然后就像垃圾一样愈堆愈多，散发出湿热的气息。

有人请喝酒的感觉真不错。勾兑烧酒也好，酒精威士忌也好。我赞同朋友的酒精威士忌计划。

"你要帮忙吗？"

"再等等，我想想。"

战争时我曾在一家军需用品公司工作。战争结束后那家公司解散，当时的遣散费被我用来支持姐姐一家的生活，不造成他们的困扰。即使没有多少零花钱也没什么大问题，但我很清楚，这样下去总有一天会坐吃山空。必须做些什么才行。但我不想受雇于人，我希望有份可以称之为"我的事业"的工作。因此，私酿酒精威士忌也在我的选项里。我想要钱，却不想执着于金钱。所有的执念都是卑劣的。

那种卑劣，我在空袭时见识过不少。

有对因大火而无家可归的夫妇，寄住在隔壁家的一间房子里。房子里有一辆手推车，每当空袭警报响起时，他们就会把行李胡乱地堆上那辆手推车，前往仅有三百米远、建在火灾遗迹中的防空洞里避难，不论多晚都是如此。一听到警报，他们就会从睡梦中弹跳起来，把行李堆到手推车上，稍作勘察后便拉车出去。男人拉着把手，女人在后面推，喀啦喀啦、喀啦喀啦地在深夜的巷子里发出声响，往火灾的遗迹走去。警报解除后，过一会儿再喀啦喀啦地回来。这时就显得悠闲一点。接着把手推车上的行李卸下，再度入睡。手推车上的行李全是些无关紧要的东西，像棉被、毛毯、锅子、小碗盘之类的小件行李，还有少量白米和包袱皮包裹的物品，似乎是很早之前就备好的。

火灾的遗迹，还有那里的防空洞，到底安不安全呢？虽说联排的小房子对燃烧弹来说无异于并排的薪柴，待在那里就像是待在大火之下的柴堆里，但既然是寄住在别人家，不应该只顾自己逃命，而是应该和那家人合力防火，搬出行李，共同避难才对吧。然而这对夫妇却完全不管其他事，只是自顾自地拉着手推车逃出去。

手推车的行李虽然无关紧要，却是眼下生存的必需品。生存最需要的东西，就是这些最无关紧要的日用品，这一点是值得肯定的。这对夫妇通过受灾的经验，也很清楚这一点。他们的用心，对于生存下来而言的确十分妥当。

话虽如此，这对夫妇整体的行为，总令人感觉有些卑劣。不惜这么做，只是希望至少能够活下来吧。

回想起大火的景象，我倒是觉得痛快。眼前所见，只有一整片火海。火海中，树干和电线杆高高地矗立着，喷发着火焰。半边天空黑烟弥漫，烟雾拖着白色的尾巴在空中流窜。天空中，从四面八方聚拢而来的飞机在火焰的照射下发出银光，来回飞行。天空和地面一片明亮，耳边只有轰隆隆的低沉声响。太壮烈了。对于在这场空袭中或死或伤的人们而言，他们的死伤没有任何意义，只是一场大的劫难。然而，就这场大火本身而言，它仍然相当壮烈。

让我说出这番冷酷言论的，正是那辆手推车喀拉喀拉的声响，尤其是在深夜发出的这般声响。如此卑劣，如此无情。

后来这对夫妇偷了主人的手推车，不知去了哪里。对了，应该也让他们尝尝酒精威士忌的滋味。

朋友的这种酒，滋味浓烈且十分强劲。我喝完也醉得厉害。

"我的目的不是赚钱。我想尽可能多地灌醉一些人。"他说。

他自己也已经完全醉了。来找我之前，他似乎已经喝了不少，刚刚又大口地灌自己酒。

"喂，待会去喝啤酒吧。这附近有可以喝啤酒的饭店吗？带我去，我有钱。"

家里没有任何下酒菜，只有点海苔和腌萝卜，我有些不好意思。酒也喝光了。他说，啤酒是他醒酒用的水。

出门时，他整个人摇摇晃晃的。我心想，这家伙不只是喝醉了而已，又感到晕眩了吧。原本只是不断地爬来爬去，完全败退之后，突然站了起来。晕眩、脚步蹒跚、踉踉跄跄的人不只是他一个。

我走在前面，爬上弃猫坡。他跟在我身后，先是大喘了一口气，接着又大喘了一口气。

背后悄然无声，我回头看了看，微暗的天色里，只见他正匍匐前进。煤灰里混杂着人们丢弃的厨余垃圾，他的双手就撑在那脏乱的地面上。

"喂，你在做什么？"

"这个斜坡真讨厌啊。"

他爬起来，脚步再度不稳，便靠向水泥墙。接着又在那里蹲下，哇地吐了出来。我似乎看到他的背微微震了震，又哇地吐了出来。

我站在那里望着他。除了观望，没有其他方法，这时反而不能插手帮忙。

过了一会儿。

"还好吗？"

"什么玩意！该死的斜坡。"

他用手撑着水泥墙，慢慢地往上爬。爬上斜坡后，竟出乎意料地健步如飞，快步前行。毫不犹豫地走到大路上，接着往电车通道走去。

我一点点地放慢脚步，当他从电车通道走上月台时，我便默默折返了。再陪他走下去已经没有意义了。

　　他在弃猫坡呕吐的事，在我心里留下了奇怪的印象。因为我有一丝怀疑，这个呕吐的男人是否另有其人。不知何时，我发现还有人倚靠在这条斜坡的水泥墙边，驻足停留。我一注视他的双眼，那抹身影便消失无踪。走到靠近医院那侧时，又有人坐在那里。我一注视他的双眼，那抹身影便又消失无踪。这段早已忘却的记忆，如今又回想起来。没错，在那条斜坡上，有一个不愿让人直视他双眼的人影到处徘徊。呕吐的人一定是那家伙。

　　我站在斜坡上，远方屋门前的灯光隐约可见，花岗岩的石子路有些褪色，水泥砌成的断层和水泥砌成的墙之间，阴湿之气挥之不去。

　　我停下了脚步。

　　就在那里，栗树的茂盛枝叶在暗夜里洒下的阴影中，有个隐约可见的身影。"是谁？"我定睛一看，那抹身影就消失了。

　　我移开视线。那抹身影再度出现。感觉得出来，他不愿让人直视双眼。我一注视他，那身影就消失无踪。一移开视线，便又再度出现。

　　我的双眼始终看向一旁，同时往那家伙的方向靠近，他似乎不喜欢别人看他，所以我不能看向他。

　　"你是谁？"

　　"你是谁？"他也用同样的话问我。

　　"你不想让人看见吗？"

"你才不想让人看见吧？"他反过来质问我。

"我不想让人看见吗？那你看我啊。"

"我从刚刚就一直看着你。你为什么要转过脸去？"

我一时语塞。如果正眼看他，那家伙肯定会消失。他把我不正眼看他这件事拿来攻击我，始终死盯着我。我一边思考该怎么做，一边一点一点地把视线移过去。定睛一看，我的视线正前方就是旧木板围起的地下室。

烧烂的尸体堆中，竖着一根已成白骨的手，还有一根已成白骨的脚。手看起来像是要伸往哪里，脚看起来像是要跨往哪里。要往哪里去呢？手和脚的方向并不一致。

"快走、快走。"

如此低喃的不是眼前的骸骨，而是就站在我身旁的身影。我望向那家伙，那家伙也望向我。它的双眼是两个空洞，这是骷髅头的眼窝。

"啊！"

那不是母亲的双眼吗？无神地望向我的母亲的双眼。

"你……"

刚一开口，那个身影就消失了。我全身上下打起了冷战，心中有种不祥的预感，我感觉到了母亲的死亡。

恶臭飘散过来。是地下室里的尸体臭味，也是母亲病房里的臭味。母亲，在腹中哺育我，生下我。生下我这具肉体的母亲，为何会流出有如此恶臭的污物呢？子宫癌。我很清楚是因为生病才会如此，但那样的腐烂太过无情，太过可悲。母亲……不只是母亲，在我身旁的所有事物都沾满恶臭。闻一闻累倒在这里的女人！闻一闻遭人丢弃的猫！闻一闻朋友……不，闻一闻任何人呕吐出来的东西！闻一闻住在病房里的姐姐！闻一闻喀啦喀啦地拉着手推车的夫妇！闻一闻我在那里吻的女人的齿垢！闻一闻所有的一切！

不知何时，那家伙的身影再度出现，呆立在我身旁。

"做什么？"

"快走、快走。"

"要走去哪里呢？"

"去任何你想去的地方。"

回头一看，那身影已经消失无踪。想去的地方？有这个地方吗？即使真的有，我也不想逃离这里。我想朝着意志力努力开拓的方向前进。风啊，请把弃猫坡的恶臭吹散吧。

我一步步地用力踏着，往斜坡下方走去，再也没有回头。

母亲迷迷糊糊地睡着了。半睡半醒。

隔天早上，母亲死了。姐姐整个人泄了气，再也无力做些什么。姐夫也陷入了恍惚。我站起身，开始处理母亲的身后事。

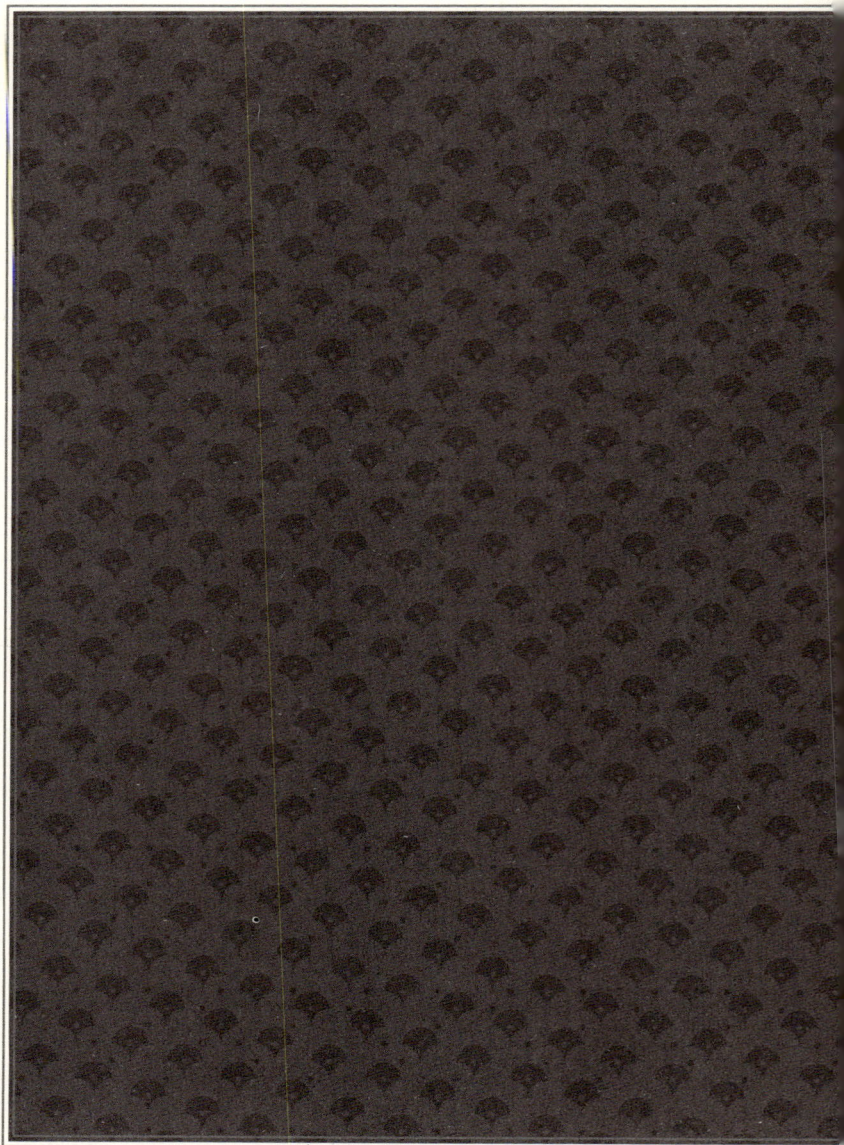

辑二

喵星人
剧场

◎

一緒に猫訪ねに行く

橡实与山猫

宫泽贤治

　　一郎继续走了一段路之后，溪边的小径变得愈来愈窄，最后消失无踪。而溪流南边一片漆黑的椥树森林的方向，则冒出了新的小径。一郎踏上这条小径往前走。椥树的树枝层层叠叠，从下方完全看不见蓝天，小径也变成极为陡峭的上坡。一郎的脸红了起来，汗水不断地滴落。

宫泽贤治

(1896—1933)

◎

日本诗人、童话作家。出生于岩手县花卷市。盛冈高等农林学校（现岩手大学农学部）毕业。热爱登山，以采集矿物为乐。学生时期开始创作诗与短歌，曾向杂志与出版社投稿童话创作，但往往不被采用，生前收到的稿费仅五日元。自费出版的童话集《要求太多的餐厅》和诗集《春天与阿修罗》同样无人问津，大量原稿直到死后才整理出版，受到后世文坛高度评价。经典诗作《不畏风雨》等作品散见于日本中小学课本，经典童话《风之又三郎》《卜多力的一生》《银河铁道之夜》更是被译为多国语言。在文学创作之外，他一生致力于农业改良活动，成立"罗须地人协会"进行农业指导，后因积劳成疾病逝，享年三十七岁。

一封奇怪的明信片在某个周六傍晚，送到了一郎家中。

致　金田一郎先生　　九月十九日
愿您好。明天有麻烦裁决大会，请来。请不要带武器。

山猫　敬上

内容就是这样。字写得糟透了，墨水痕迹也歪七扭八，像是手指沾到了墨水一样。但一郎还是开心得不得了，他把明信片轻轻地收进书包，在房间里四处蹦蹦跳跳。

钻进被窝后，他还一直想着山猫那喵喵叫的模样，还有那场据说很麻烦的裁决大会，直到很晚都睡不着。

尽管如此，一郎睁开眼时，天已经完全亮了。他走出门外一看，四周的山林全都像是刚长出来一样，一棵棵浓绿润泽、茂盛生长的大树，并排高耸在蔚蓝的天空下。一郎急忙吃完饭，一个人踏上山中溪流边的小径，往山上的方向走去。风从树间的缝隙穿透过去，橡树上的果实纷纷掉落下来。

一郎抬头看了看橡树，问道：

"橡树啊橡树，山猫有没有经过这里呢？"

橡树稍微安静了下来，回答道：

"山猫啊，它今天早上乘着马车，往东方飞驰而去了。"

"东方就是我现在走的方向吧，真奇怪。总之，我就再走一段路吧。橡树，谢谢你。"

橡树一语不发，果实又开始一个接一个地掉落。

一郎继续走了一小段路后，来到了吹笛瀑布。据说这里之所以叫吹笛瀑布，是因为布满纯白色岩石的山崖中段有一个小小的洞穴，流水会从这里飞溅出来，发出有如笛声般的声响，并迅速形成瀑布，轰隆隆地冲落山谷。

一郎朝着瀑布大喊：

"喂喂，吹笛瀑布，山猫有没有经过这里呢？"

瀑布发出哗哗的声音回答道：

"山猫刚刚乘着马车，往西方飞驰而去了哟。"

"真奇怪，西方是我家的方向啊。不过，我就再走一段路看看吧。吹笛瀑布，谢谢你。"

瀑布便又像原来一样，继续吹响笛声。

一郎又走了一小段路。一棵山毛榉下，一大群白色蘑菇咚隆隆地演奏着奇怪的乐曲。

一郎弯下腰问：

"喂，蘑菇们，山猫有没有经过这里呢？"

蘑菇们听了便回答说：

"山猫啊，它今天早上乘着马车，往南方飞驰而去了哟。"

一郎歪着头疑惑地说：

"南方是那座山林的深处啊。真奇怪，我再走一段路看看吧。蘑菇，谢谢你们。"

蘑菇们一个个都很忙碌似的，继续咚隆隆地奏起那首奇怪的乐曲。

一郎接着又走了一小段路，看到一只松鼠倏地跳到一棵胡桃树的树梢上。一郎立刻挥了挥手叫住它，问道：

"喂，松鼠，山猫有没有经过这里呢？"

松鼠听了，便用手遮住额头，并望向一郎回答道：

"山猫啊，它今天早上乘着马车，往南方飞驰而去了哟。"

"在两个不同的地方都有人说它往南方去了，真是奇怪啊。不过，我就再走一段路看看吧。松鼠，谢谢你。"

此时松鼠已经不见踪影，只见胡桃树顶端的枝丫摇晃着，一旁山毛榉的叶子闪过一道亮光。

一郎继续走了一段路之后，溪边的小径变得愈来愈窄，最后消失无踪。而溪流南边一片漆黑的椎树森林的方向，则冒出了新的小径。一郎踏上这条小径往前走。椎树的树枝层层叠叠，从下方完全看不见蓝天，小径也变成极为陡峭的上坡。一郎的脸红了起来，汗水不断地滴落。爬上那段陡坡后，四周突然变得一片明亮，一郎的眼睛感到有些刺痛。那里是一片金黄色的草地，风吹得草沙沙作响，四周被高耸的橄榄色的椎树森林包围了起来。

在那片草地正中央，一名个子矮小、模样怪异的男人弯着双腿，手里拿着皮鞭，一语不发地看着一郎。一郎慢慢走近一看，惊得停下了脚步。那个男人是独眼人，坏掉的那只眼睛呈白色，不断地颤动；他穿着既像是外套，又像是半缠[1]的服饰，不但双腿如同山羊般大幅弯曲，脚尖更是像一个饭匙的形状。一郎觉得有点害怕，但还是故作镇定地问：

"你有看到山猫吗？"

那个男人听了之后，斜眼看了看一郎的脸，撇了撇嘴后笑着说：

"山猫先生马上就会回到这里来了。您是一郎先生吧？"

一郎吓了一跳，一只脚往后退，说：

"是啊，我是一郎，但你怎么会知道呢？"

那个模样怪异的男人笑嘻嘻地说：

"这么说来，您看过明信片咯？"

"看过了，所以才会来这里。"

"那些语句写得很差吧？"男人低着头，显得很哀伤。

一郎同情起他来，便说：

"这个嘛，写得还不错哟。"

男人听了非常开心，呼吸变得急促，脸红到耳根去了。他一边敞开上衣领口，让风吹进去，一边问：

"字也写得好看吗？"

---

1 半缠是一种用于御寒的、不带翻领的日式短褂。

一郎忍不住笑了出来，并回答说：

"好看啊。如果是五年级学生，大概写不出那样的字。"

男人听了，突然又愁容满面。

"您说五年级学生，是指一般小学的五年级学生吗？"

他的声音听起来软弱无力，充满哀伤，因此一郎急忙说道：

"不是，是大学的五年级学生。"

男人一听，又开心了起来，龇牙咧嘴地笑着大喊：

"那张明信片是在下写的。"

一郎忍着笑问："那你到底是谁呢？"

男人突然一脸严肃地说：

"在下是山猫先生的马车夫。"

这时，风呼呼地吹了起来，整片草原如波浪般舞动，车夫突然恭敬地行了个礼。

一郎感到奇怪，回头一看，看到穿着像是黄色阵羽织[1]的山猫站在那里，绿色的眼珠睁得又圆又大。一郎心想，山猫的耳朵果然是又直又尖。这时山猫向一郎连连点头行礼，一郎也恭敬地问好：

"啊，您好，昨天我收到明信片了，谢谢您。"

山猫拉紧胡须，挺着肚子说：

"你好，欢迎大驾光临。是这样的，从前天开始发生了一场麻烦的纷争，我有点苦恼，不知道该如何裁决，就想着问问你的看法。

1　阵羽织是日本战国时期男性在战阵中穿于铠甲之上的无袖和服。

嗯，你先好好休息一下，橡实们应该快到了。每年这场裁决大会实在是让我吃足苦头啊。”

山猫从怀中拿出雪茄盒，自己叼了一根，并递给一郎说：

“要不要来一根？”

一郎吓了一跳，说：“不用了。”

山猫听了哈哈大笑说：“呵呵，毕竟你还小啊。”边说边唰的一声点燃火柴，刻意把脸皱成一团，呼地吐出一道蓝色烟雾。山猫的马车夫用立正的姿势端正地站好，却像是拼命忍住想抽烟的欲望似的，眼泪扑簌簌地落下。

这时，一郎听到脚边传来像是盐粒爆裂般啪啪啪的声响。一惊之下，一郎弯下腰一看，草丛里到处都是金黄色的圆形物体，闪闪发光。仔细一看，全都是穿着红色裤子的橡实，至于数量，恐怕有超过三百个。大家叽里呱啦地聊着。

“啊，来了呀。就像蚂蚁大军一样呢。喂，赶快响铃。今天那块区域的阳光很充足，把那里的草割了。”山猫把雪茄丢掉，连忙吩咐马车夫。马车夫也急急忙忙地从腰间拿出镰刀，沙沙沙地把山猫面前的草割断。橡实们发出闪闪金光，从四面八方的草丛里跳出来，叽里呱啦地说起话来。

马车夫接着叮铃铃地摇响铃铛。铃声在榧树森林里哐啷作响，金黄色的橡实们稍微安静了下来。仔细一看，山猫不知道何时穿上了黑色缎纹的长和服，装模作样地在橡实前面坐下。一郎觉得，这情景简直就像是众人在参拜奈良大佛的画作。接着，车夫挥了两三下皮鞭，发出咻咻咻的声响。

天空一片蔚蓝，橡实闪闪发光，景象十分美丽。

"裁决大会到今天也已经三天了，你们适可而止，早点和好吧？"山猫略显担心，但又勉强摆起架子。说完后，橡实们也你一言我一语地大喊：

"不不不，不行，再怎么说，头顶愈尖的地位就愈高，而我就是头最尖的。"

"不不不，才不是呢。圆滚滚的地位比较高，而最圆的就是我。"

"应该是比大小才对，愈大的地位就愈高。我就是最大的，所以地位最高。"

"才不是这样，昨天评审不是也说过我比你大得多吗？"

"不行哪。是长得高的地位比较高啊，要看高矮的。"

"力气大的地位比较高。要比力气后再决定啊。"

大家又吵吵闹闹地争论起来，简直就像捅了蜂巢后蜜蜂群涌而出一样，已经搞不清楚谁在说些什么了。此时山猫出声大喊：

"吵死了！现在我了解整个状况了。安静、安静！"

车夫咻地将鞭子甩出声响，橡实们才终于安静了下来。山猫将胡须拉紧，说道：

"裁决大会到今天也已经第三天了，也差不多该谈和了吧。"
一说完，橡实们又开始你一言我一语地开口：

"不不不，绝对不行！头顶愈尖的地位就愈高。"

"不行。圆滚滚的地位才最高。"

"才不是这样，应该是比大小才对。"大家吵吵闹闹地争论着，已经搞不清楚谁在说些什么了。山猫出声大喊：

"闭嘴！吵死了！现在我了解整个状况了。安静、安静！"

车夫咻地将鞭子甩出声响，山猫将胡须拉紧，说道："裁决大会到今天也已经第三天了，咱们好好和谈吧。"

"不不不，不行。头顶愈尖的……"橡实们吵闹不休。

山猫大喊："吵死了！现在我了解整个状况了。安静、安静！"

车夫咻地将鞭子甩出声响，橡实们全都安静了下来。山猫轻声对一郎说："你也看到了，该怎么办才好啊？"

一郎笑了笑，回答：

"这样的话，只要这么宣判应该就可以了。他们当中最笨、最丑、发育最差的地位最高。这是传道时我听到的。"

山猫恍然大悟似的点点头，接着摆出夸张的架势，敞开黑色缎纹和服的衣领，稍微露出黄色的阵羽织，向橡实们宣判：

"好了，安静点。我要宣布结果了。你们当中最不厉害、最笨、最丑、发育最差、头型最不完整的地位最高。"

橡实们都沉默了下来，一片寂静无声，连空气都凝结了。

这时，山猫脱下黑色缎纹和服，一边抹去额头上的汗水，一边抓住一郎的手。车夫也很开心，甩了五六下皮鞭，发出咻啪、咻啪的声响。

山猫说："太感谢你了。吵成这样的裁决大会，你竟然只用了一分半钟就帮忙解决了。之后请一定要担任我这个裁决所的荣誉裁判官。是否能麻烦你从今以后只要收到明信片，就前来帮忙呢？到时我会送你谢礼的。"

"好的。谢礼就不用了。"

"不，谢礼请务必收下。这事关我的人格。还有，之后明信片会写上金田一郎阁下，这里则称为裁决所，这样可以吗？"

一郎说："好，无所谓。"

山猫似乎还有话想说，捻了一会儿胡须，眨了眨眼，终于下定决心似的开口说道：

"另外，之后写明信片时，写上'有要事，明日须应讯'可以吗？"

一郎笑着说："这个嘛，有点奇怪呢，还是不要这样写好了。"

山猫欲言又止，一脸遗憾地继续捻了一会儿胡须，低着头，最后终于放弃，说：

"那么，就用之前的语句吧。话说今天的谢礼，你想要黄金橡实一升，还是盐渍鲑鱼头呢？"

"我想要黄金橡实。"

山猫一脸释然，露出幸好一郎没有选鲑鱼头的样子，向马车夫迅速交代：

"快去取一升橡实。如果不足一升，就再掺一些镀金的橡实进去。快！"

车夫将方才的橡实放进量器里，测量后大喊道：

"正好有一升。"

风把山猫的阵羽织吹得啪嗒作响。此时山猫大大地伸了个懒腰，闭上眼睛，微微打了个呵欠，说：

"好了，快点准备马车。"

车夫拉出白色大蘑菇做成的马车，前方系着一只近似于鼠灰色的形状怪异的马。

"好了，送他回家吧。"山猫说。两人坐上马车，车夫把装了橡实的量器放进马车里。

咻——啪——

马车飞离草地，树木和草丛如烟雾般渐渐模糊不清。一郎看着黄金橡实，山猫则一脸呆愣地望向远方。

随着马车前行，橡实的光芒也跟着愈来愈黯淡，不久后，当马车停下，橡实也变成原本的褐色。接着，山猫的黄色阵羽织、车夫和蘑菇马车都同时消失了。一郎拿着橡实，站在家门前。

自从那次之后，一郎再也没有收到写着"山猫敬上"的明信片。有时一郎会想，早知道答应让山猫写上"明日须应讯"就好了。

彩虹猫的读心术

宫原晃一郎

　　七色彩虹猫一出发，就发现在遥远的天边雷神巨大的身影。它停下脚步，打开袋子，从里面拉出一件大披风披在身上，并用头巾把头顶到耳朵紧紧地包住，当场坐下，似乎在深思。

宫原晃一郎

(1882—1945)

◎

儿童文学家，北欧文学研究者。出生于鹿儿岛，本名宫原知久。幼时因父亲工作关系搬家至札幌。1908 年于小樽任新闻记者期间发表的诗作《海之子》，被日本文部省评为新体诗佳作，并于 1910 年被收录在小学歌唱教科书中。在《赤鸟》杂志上发表了大量童话，出版有童话集《龙宫之犬》《恶魔的尾巴》等。自学外语，对北欧文学情有独钟，后期致力于翻译北欧文学作品。曾译有挪威作家克努特·汉姆生的《饥饿》、丹麦作家克尔凯郭尔的《忧愁的哲理》等书，并著有《北欧散策》评论集。

不知道什么时候，有个地方有一只猫。这只猫和一般猫咪不同，它来自童话王国。童话王国的猫咪拥有与众不同的毛色，它的鼻子是紫罗兰色，眼珠是靛蓝色，耳朵是淡蓝色，前脚是绿色，身体是黄色，后脚是橘色，尾巴是红色。因此，它正好如彩虹一样拥有七种颜色，是只不同寻常的猫。

　　这只彩虹猫经历了几番奇妙的冒险。接下来要说的，正是其中的一次冒险。

　　有一天，七色彩虹猫正在做日光浴。太阳晒着晒着，彩虹猫突然感觉无聊透顶。这是因为最近童话王国天下太平，没有任何事发生。

　　"如果再这样老是无所事事，整天玩乐，身体会愈来愈差。这可不行。"彩虹猫心想，"出门找个地方冒险吧。"

　　于是，彩虹猫便在门口贴了一张纸："邮差，我会出门两三天，如果我不在家时有邮件或包裹送来，请投进烟囱里。"

　　接着，彩虹猫便收拾了一些行李，挂在尾巴上，来到童话王国的国界。此时，雾气正好开始升腾起来。

　　"不如去云之国露个脸吧。"

　　彩虹猫一边自言自语，一边开始爬上云之堤。

住在云之国的人们，个个都很快乐。他们没有特定的工作，也不会因为不工作，就觉得世上的一切都很无趣。每个人都住在气派的云之宫殿里。从地球望向宫殿，看不见的那一侧比看得见的这一侧还要美丽。

云之国的居民有时会驾着珍珠白的马车，或乘着小船，扬起风帆。他们住在天上，因此唯一害怕的就是雷神。这也是理所当然的，毕竟雷神脾气差得很，他经常用脚踩得天空轰隆作响，让云之国所有居民的家全都遭殃。

云之国的人们知道七色彩虹猫大驾光临后，非常开心，礼貌地向它问好。

"哎呀，您来得正是时候。"云之国的人们说，"其实风神家中正在举办一场盛大的宴会。因为他们家最小的儿子北风，今天要迎娶魔法岛的公主。"

七色彩虹猫料到可能会遇到这种情况，早就在尾巴上的袋子里准备了各式各样的物品。

那确实是一场华丽得令人叹为观止的婚礼。

所有人都到场庆贺，无一缺席。宾客之中也有彗星的身影。通常只会出席华丽至极的宴会的彗星竟然也现身了。

还有北极光，他也穿着闪闪发亮、美得无法言喻的礼服出现在现场。当然，新娘的双亲，魔法岛国王和他的珍珠贝王妃也一同出席了婚礼。

豪华料理上桌，大家热闹又开心地用餐、喝酒，聊天聊到兴起时，一只燕子慌慌张张地飞了进来。据它说，魁梧的雷神正以石破天惊的气势朝这里来。听说是因为信风疾速通过时，不巧踩到正在睡觉的雷神的脚尖，让他勃然大怒。

"这该怎么办呢？"所有人都吓得脸色发白，你一言我一语地讨论了起来，"这场宴会也会被搞得一塌糊涂吧。"

宾客和主人仓皇失措，惊恐地想要逃走。然而，七色彩虹猫却冷静地笑了起来。这只颇有智慧的猫悄悄地钻进桌底，打开它带来的小袋子，重新检视了一遍里面的东西，想了又想。没多久，它就从桌底下走了出来。

"我想到了一个办法，让雷神不要过来。"彩虹猫说，"请依照原计划继续庆祝。"

大家被七色彩虹猫的勇气所鼓舞，虽然仍然感到十分害怕，但是冷静了下来，又开心地聚集在一起。这时，只见七色彩虹猫听着远处传来的雷神的轰隆声，朝着声音的方向飞奔而去。

七色彩虹猫一出发，就发现在遥远的天边雷神巨大的身影。它停下脚步，打开袋子，从里面拉出一件大披风披在身上，并用头巾把头顶到耳朵紧紧地包住，当场坐下，似乎在深思。

雷神来到半路，看到它这副奇怪的模样，便在此停下脚步，大声咆哮道：

"喂！前方何人？在此所为何事？"

"你是在问我吗？我是著名魔术师喵呜子。"七色彩虹猫装模作样地用威严的口吻说，"请看我的袋子，里面有魔术种子。雷神，我从很久之前就听过你的事迹，你真是一个了不起的名人啊。"

雷神听了这番话有些得意，心情也稍微好了起来，但脚被踩得生疼，所以还是有几分怒火无法平息。

"哼，我可不觉得魔术师有什么了不起。你到底会什么？"

"我知道你心里在想什么。"

"喔，是吗？那你猜猜看，我现在正想些什么？"

"这个简单。你的脚被踩得生疼，因此很生气，想把那个踩你的家伙揪出来对吧？"

七色彩虹猫方才从燕子口中听闻这件事，所以很清楚。雷神大吃一惊。

"嗯，你这家伙不得了啊。你可以教我这招法术吗？"

"当然可以。但要先看一看你有没有资质才行。请坐下。"

雷神原地坐下。七色彩虹猫绕着他走了三圈，口中念念有词，净是些听不懂的字句。

"好了，说说看，我现在心里想些什么？"彩虹猫问。

魁梧的雷神愣了愣，抬头望着彩虹猫的脸。话说雷神不是个聪明人，他说：

"你大概是在想，我这样傻傻地坐在这里，实在很可笑吧。"

"了不起！太惊人了！这样看来，学会这套法术后你肯定会有一番成就。我从来没收过这么聪明的弟子。"

"那就再试一次吧。"雷神还真以为自己天资聪颖。

"好，那你猜猜看，我现在正想些什么？"

雷神装出一副聪明模样，用他那可笑的小眼睛，呆呆地看着彩虹猫的脸。

"牛排和洋葱。"雷神突然开口。

"这真是太了不起了。"彩虹猫故作惊讶地说，并跌坐在地上。

"完全正确！你怎么会知道？"

"没有啦，就是突然灵光一现而已。"雷神说。

彩虹猫一脸认真地说：

"今后你一定要好好培养这项才能，实在是太厉害了。"

"要怎么培养呢？"雷神问。他觉得能够知道人们心里在想什么，实在是一大乐事。

"什么也不用做。"彩虹猫心想已经成功骗到雷神，便开始胡扯一通，"你回家睡上两三个小时，之后吃些点心，再睡两三个小时就可以了。醒来之后喝杯茶，要喝热的。不过，你如果不安安静静地待在家就学不成了。只要这么做，明天一早，你肯定能轻松学会读心术。"

雷神想要立刻飞奔回家，但也没忘了礼貌：

"太感谢你了。可是，喵呜子师父，你教我这项绝学，我该怎么回报你呢？"

七色彩虹猫思考了一会儿说：

"我想要一点闪电，请给我一些。"

魁梧的雷神把手伸进口袋里，对彩虹猫说：

"这简单。我这里就有一束，拿去吧。要用的时候，只要把上面系好的绳子解开，闪电就会飞出来了。"

"谢谢你。"

说完，七色彩虹猫便收下这束闪电，两人严肃地握手道别。魁梧的雷神急忙回到家中，依吩咐行动。至于后来怎么样了呢？雷神相信自己能够猜出所有人心中的想法，因而感到心满意足，再也不会无端作恶了。

七色彩虹猫带着这束闪电，迅速回到了云之国。彩虹猫救了所有人，他们对此大感欣喜，连声道谢。彩虹猫也心满意足，在云之宫殿待了一周后，便回自己的童话王国去了。至于之后又发生了哪些事，就等下次再告诉你吧。

幸坊的猫与鸡

宫原晃一郎

　　不可思议的事发生了。公鸡一说出这番话，黑猫便不知从哪里冒了出来，像棒球一样迅速地冲出去，追到狐狸身后，把张开的爪子插进狐狸的后背。狐狸被抓痛了，便放下公鸡逃跑了。

宫原晃一郎

(1882—1945)

◎

　　儿童文学家，北欧文学研究者。出生于鹿儿岛，本名宫原知久。幼时因父亲工作关系搬家至札幌。1908 年于小樽任新闻记者期间发表的诗作《海之子》，被日本文部省评为新体诗佳作，并于 1910 年被收录在小学歌唱教科书中。在《赤鸟》杂志上发表了大量童话，出版有童话集《龙宫之犬》《恶魔的尾巴》等。自学外语，对北欧文学情有独钟，后期致力于翻译北欧文学作品。曾译有挪威作家克努特·汉姆生的《饥饿》、丹麦作家克尔凯郭尔的《忧愁的哲理》等书，并著有《北欧散策》评论集。

一

　　幸坊一家住在乡下，因此养了鸡。一眨眼公鸡已经养了六年，以鸡的年龄来说，应该算是个年迈的公鸡了，但不知为何，只有这一只看起来仍然年轻力壮。纯白的羽毛好像还在不断生长，充满了光泽，鸡冠有如美人蕉一样火红，喙和脚则像是奶油般黄澄澄的。

　　每当幸坊拿饲料过去，这只公鸡就会抢先跑过来。如果幸坊故意不喂它，让它心急，公鸡就会抬起一只脚，歪着头，用一副难以置信的样子抬头看着饲料箱；如果幸坊还是笑着不给饲料，公鸡就会忍不住咕咕咕地小声叫，听起来像是在说：

　　"阿幸、阿幸，我要吃饭。不要这样恶作剧……"或是在说：

　　"喂我、喂我。快点！"

　　每当此时，幸坊就会觉得公鸡有点可怜，便会喂它。

　　有一次，正要撒饲料喂它时，突然跳出一只全身漆黑的猫。其他鸡都吓了一大跳，大叫着四处逃窜，只有那只公鸡勇气十足，微微歪着头，从喉咙里发出咕咕的声响，瞪着猫咪。猫咪觉得很有趣，打算扑过去，而公鸡也低下头，竖起脖子上的毛，打算在猫咪扑到它身边时，伺机啄它的眼睛。

　　"小黑，好啦。豆豆不喜欢这样。"

幸坊说完便抱起猫咪小黑，把它冰冷的鼻尖紧紧贴在自己的脸颊上，再摸摸它天鹅绒般的背。小黑撒娇地从喉咙发出呼噜呼噜的声音，用尖尖的爪子紧紧地抓着幸坊的衣服。

二

有天，幸坊在学校值日，比平时晚了一点回家。到家时，母亲一脸苦恼地说：

"阿幸啊，我跟你说，公鸡不见了。你看看它有没有走进那里的草丛。虽然附近有可恶的狐狸出没，但现在毕竟是白天，应该不是狐狸抓走的。"

幸坊大吃一惊：那只美丽的公鸡竟然不见了！这下可糟了。

他心想，一定要找到它才行，于是便将肩上的书包放下，立刻拿起一根竹棒准备出门。这时小黑不知从哪里冒了出来，喵喵地叫着，跟在幸坊身后。

"小黑，这样不行。赶快回家，我要去找公鸡豆豆。如果你是狗，我还能带你去帮忙找，但你是猫，这就没办法了。"

幸坊把小黑赶回家好几次，小黑都不听，无计可施之下只好任由它跟着。小黑快步往前走，走进了农田对面那一大片森林中。幸坊心想这下糟了，不只是公鸡，连小黑也不见了。

"小黑！小黑！"他大声呼唤，却不知道小黑到底跑哪儿去了。

森林里的树木枝叶茂盛，地上绿草丛生，即使是白天仍是一片昏暗，何况就快要傍晚了，天色更是昏暗了许多。

"豆豆！豆豆！豆豆！"

幸坊扯开嗓子，拼命喊叫，在森林里走来走去，公鸡还是没有出现。就在此时，不知为何，幸坊竟然在原本熟悉的森林中完全迷了路，怎么走也无法走出森林。他现在已经顾不得鸡和猫了。正当幸坊烦恼着该怎么从这座森林脱身时，突然发现森林的另一头有间小屋。

"太好了！"幸坊放下心来。当他往那间小屋走去时，看到小屋紧闭的窗户下方有只狐狸，扫帚般的大尾巴垂在地面。它坐在地上，眼睛直盯着那扇窗户。幸坊觉得很奇怪，便停下脚步，一直留意狐狸的动静。只听见狐狸用非常温柔的声音唱起歌来：

咕咕咕，可爱的小鸡，

头顶着金冠的可爱小鸡，

闪闪发光的可爱小鸡，

留着绢丝般胡须的小鸡，

望向窗户吧，望向这扇小小的窗，这里来了个了不起的人，

正撒着美味的豆子，却没有人来捡。

下一秒，窗户打开了，一个小小的脑袋探出来，竟然是幸坊的公鸡。

"哎呀，是豆豆！"

幸坊大喊着跑出来，可是已经太晚了。狐狸迅速扑向豆豆，叼着它，往自己的巢跑去。

"小黑啊，狐狸把我带到黑漆漆的森林里，不知道要带我到哪里去。小黑，你快来，快来救我！"

不可思议的事发生了。公鸡一说出这番话，黑猫便不知从哪里冒了出来，像棒球一样迅速地冲出去，追到狐狸身后，把张开的爪子插进狐狸的后背。狐狸被抓痛了，便放下公鸡逃跑了。

"小心点嘛，豆豆。"猫咪说，"绝对不能把头伸出窗外！还有，狐狸说的话都不能相信。那家伙会把你啃到连骨头都不剩！"

说完，小黑便又不见踪影了。

三

幸坊觉得难以置信，立刻往那间小屋的方向跑去。然而，那时公鸡已经躲进了小屋里，从里面紧紧地关上了窗户。

"豆豆、豆豆啊！"

幸坊一边大声地喊着豆豆，一边在小屋外绕圈查看，屋内一片安静，没有任何声响。

"豆豆，是我呀。不是狐狸，是我呀。"

幸坊不断地敲打窗户呼唤着公鸡，公鸡却以为是狐狸，不敢开窗。

"不行！狐狸先生，你骗我，你会把我啃到连骨头都不剩，对不对？"

"不是这样的。是我呀，是把你养在家里的幸坊呀。狐狸走啦。"

"骗人！你是狐狸，是你假扮成幸坊。"

"你如果不相信我，那我就离窗户远一点，你稍微打开窗户看看，看到我真的是幸坊，再把窗户整个打开吧，豆豆。"

公鸡听了，似乎稍微放心了一些，就把窗户打开了一道缝隙。

"真的是幸坊呢。那我开窗了。"

说完，公鸡便把窗户整个打开，准备往幸坊身边走。就在这个时候，不知道从哪儿冒出来的狐狸一跃而上，一转眼就叼着公鸡，一个箭步往自己的巢穴飞奔而去了。

"小黑哥哥、幸坊哥哥，狐狸要把我抓走了，快来救我！"

幸坊正打算追上去时，小黑又不知从哪儿蹦了出来，狠狠地抓了一下狐狸的耳朵。狐狸被抓痛了，便放下公鸡逃之夭夭。

"我都说得那么清楚了，你怎么还是打开窗户呢？待会儿不管谁说什么，都不能开窗。"黑猫说完，便赶忙将公鸡赶进小屋，关上窗户，一溜烟跑走了。

"喂、喂，小黑、小黑！"

幸坊不断地呼喊，小黑却连看都没看幸坊一眼，就走掉了。

"真是只奇怪的猫啊。"幸坊小声嘀咕着，再次走到窗边呼唤公鸡。

"豆豆啊，狐狸已经跑掉啦，没事了。快点出来……"

"不要！你这样说，狐狸又会突然冒出来。"

"放心，我这次会站在窗户边站岗……我把你最爱吃的米也带来了。给你。"

公鸡听到稻米撒落的声音，很想吃，便打开窗户偷看。它看到幸坊就站在那里，便放下心来把窗户整个打开，走了出来。

"没事了，狐狸已经跑掉了。来，多吃点。吃完和我一起回家吧。"

"回去哪里？"

"回我家呀，回你住的小屋去。"

"我的小屋在这里呀。你家是什么地方啊？"

"豆豆真奇怪，竟然忘了自己的家……就在那里啊，在另一头的……"幸坊扭过身，指着自己家的方向说。

"哎呀！是狐狸！"

听到公鸡的叫声，幸坊转过身去，只见狐狸叼着公鸡，已经跑到两三步的距离外了。原来就在刚刚幸坊转身时，一个不留神，狐狸便向公鸡扑了过去。

"可恶！我不会放过你的。"

幸坊抡起竹棒追了上去，但狐狸的脚步很快，转眼间就不见了踪影。这次不知道为什么，黑猫没有现身救下公鸡。

幸坊呆站在原地，黑猫终于出现了。

"喂、喂，小黑，"幸坊对黑猫说，"最后公鸡还是被狐狸抓走了。小黑，怎么办？"

"啊，是幸坊啊！"黑猫说，"你闯祸了啊！是你叫公鸡把门打开的吧。"

"是啊，但我没想到狐狸的速度这么快。"

"所以我才叮嘱公鸡，不管是谁来都不要开门。没办法，只好前往狐狸的巢穴，把公鸡带回来了。"

"但它应该已经被狐狸吃得连骨头都不剩了吧。"

"不，那家伙不会马上吃。它会把公鸡养得更胖、更美味之后再吃。"

"这样啊，那我们赶快走吧。"

"我要准备些东西，请稍等一下。"

黑猫说完，不知道从哪里拿来了长外套、长靴和三味线。

"好了，这样一来就准备齐全了。走吧。"

四

　　幸坊跟着黑猫，前往狐狸的巢穴。到了洞口后，黑猫弹奏起三味线，并唱起歌来。

　　"锵、锵、咚、锵、咚。真是好听，安了金弦的琴啊。狐狸啊，狐狸的家在这里啊？那可爱的小狐狸在哪儿呢？"

　　狐狸听到歌声，心想到底是谁在唱歌，便先叫自己的孩子出洞察看。

　　"成功了！"黑猫三两下就紧紧地抓住了小狐狸，把它塞进自己的外套下摆。接着又再度"锵、锵、咚、锵、咚。真是好听……"地唱起有趣的曲调。狐狸见小狐狸始终没有回来，觉得有些担心，便从洞穴中微微探出头，就在此时，黑猫对准了它的眼睛，把爪子插了进去。狐狸发出惨叫声，从洞穴中跳出来，开始和黑猫大打一场。

　　趁着这个混乱的时刻，公鸡大叫着飞出洞穴，幸坊便急忙抓住公鸡，一溜烟地往家的方向跑，接下来的事，就连他自己都搞不清楚了。

五

　　终于恢复意识的幸坊，在自己的床上躺着。

　　"豆豆呢？"幸坊一开口，就先询问起豆豆的状况。床头边的
母亲回答说：

　　"你醒啦？那我就放心了。你是怎么回事？怎么在森林里晕倒
了呢？"

　　"豆豆呢？"幸坊又问了一次。

　　"不用担心，它回来了。"

　　"小黑呢？"

　　"小黑也回来了，只不过满身是伤……"

　　幸坊感到相当疲累，在床上躺了两三天。他醒来时，便瞒着母亲，
偷偷地走进森林，寻找小屋和狐狸的巢穴。

　　然而，不管再怎么找，始终不见任何小屋和狐狸巢穴的踪影。
应该不是做梦才对啊……

猫贼

梦野久作

　　女佣根本不知道什么东西被吃掉了，所以也不知道该如何辩白。喂狗时，有时会哭得眼睛红红的。

　　红太郎觉得女佣很可怜，再也忍无可忍。它认为一定是虎斑猫偷走了厨房的食物，便时时留意虎斑猫的一举一动。

梦野久作

(1889—1936)

◎

推理小说家。原名杉山直树，后改名为杉山泰道，梦野久作为其笔名，意指精神恍惚、整天做白日梦之人。出生于福冈，庆应大学肄业。1915年起曾出家两年，还俗后从事记者工作，并尝试写作推理小说。1926年发表怪谈作品《妖鼓》，其后接连发表《死后之恋》《瓶装地狱》等作品，风格诡谲且恐怖，确立了他在文坛的地位。1935年发表代表作《脑髓地狱》，内容涉及精神病学、民俗学、考古学等，被誉为日本推理小说四大奇书之一。

这是一个天朗气清的日子。有只虎斑猫坐在缘廊，把自己的脸摸了又摸。这只猫从来不捉老鼠，还是个猫贼，所以邻居都讨厌它。但它很擅长"喵呜、喵呜、呼噜、呼噜"地讨人欢心，所以这家人倒是很疼爱它。

　　正好这家人养的褐红毛色小狗经过，看到这只猫便对它说：

　　"斑子，你好啊。"

　　虎斑猫转过头，向它打招呼：

　　"哎呀，红太郎。地上愈来愈冷了呢。"

　　"你在做什么啊？"

　　虎斑猫装模作样地回答：

　　"我在化妆呀。小女子跟您可不一样，也是得去见见客人的呀。"

　　红太郎虽然觉得这家伙很讨人厌，但还是忍着没表现出来，随后便离开了。隔天，红太郎又经过缘廊，看到虎斑猫正张开爪，啪啦啪啦地用力抓着榻榻米表面。红太郎责备地说：

　　"斑子，你在做什么！"

　　"把榻榻米缝隙里的灰尘掸掉呀。请不要对小女子做的每件事都挑刺好吗！榻榻米上和地上可是两个不同的世界。"

斑子说话相当不客气。红太郎觉得实在不能饶了这虎斑猫，但这家人都很疼爱它。红太郎只好沉住气，压抑下怒火出门去了。

正好这一阵子，这个家厨房里的食物总是会消失不见。橱柜门都关得好好的，里面的东西却不见了，因此这家人便把女佣叫出来，怒骂道：

"是你吃掉的吧，吃完再推托是狗或猫吃的，对不对？"

女佣根本不知道什么东西被吃掉了，所以也不知道该如何辩白。喂狗时，有时会哭得眼睛红红的。

红太郎觉得女佣很可怜，再也忍无可忍。它认为一定是虎斑猫偷走了厨房的食物，便时时留意虎斑猫的一举一动。

有一天，红太郎悄悄地来到厨房，没想到虎斑猫正专注地准备把橱柜里的一大块牛肉拖出来。这下红太郎不再沉默了，它怒吼道：

"喂！你这猫贼在做什么！"虎斑猫听了，便回头怒视红太郎：

"你真是啰唆！女佣在这块肉里加了老鼠药，我正要把它放到老鼠会经过的地方。你守在家门外，我看你才想偷东西呢。赶快进来啊。"

红太郎长久以来累积的怒气终于爆发了：

"闭嘴！如果需要用老鼠药，那么这个家也就不需要你了。驱赶家里的小偷是我的职责。"

虎斑猫不屑地笑了起来：

"少在那里说大话了。连榻榻米都不准上去的家伙，要怎么驱赶家里的小偷啊？"

　　"可以。看我的！"

　　话还没说完，红太郎就用沾满泥土的脚跳上地板。

　　"哎呀，救命啊！"虎斑猫大喊。

　　红太郎咬住虎斑猫后，用力甩了几下，虎斑猫就死了，连一声也没叫。

　　这场骚动惊动了家里的人，他们赶过来，才知道原来虎斑猫会偷东西。夫人便对女佣说：

　　"真是抱歉之前怀疑你。那块肉就当作给小狗的奖赏吧。"女佣欣喜地流下泪来。

　　红太郎也开心地摇起了尾巴。从此以后，这个家里的食物再也不会消失不见了。

本著作中文简体版译文通过四川一览文化传播广告有限公司代理，经好室书品策划由四块玉文创有限公司授权外语教学与研究出版社有限责任公司出版

图书在版编目（CIP）数据

和日本文豪一起寻猫去／（日）柳田国男等著；林佩蓉译. －－北京：外语教学与研究出版社，2019.12
ISBN 978-7-5213-1490-8

Ⅰ.①和… Ⅱ.①柳… ②林… Ⅲ.①散文集－日本－现代 Ⅳ.①I313.65

中国版本图书馆 CIP 数据核字 (2020) 第 020634 号

出 版 人　徐建忠
项目策划　张　颖
项目编辑　张　舒
责任编辑　郑树敏
责任校对　徐晓雨
装帧设计　陶　雷
出版发行　外语教学与研究出版社
社　　址　北京市西三环北路 19 号（100089）
网　　址　http://www.fltrp.com
印　　刷　北京盛通印刷股份有限公司
开　　本　787×1092　1/32
印　　张　5.25
版　　次　2020 年 5 月第 1 版 2020 年 5 月第 1 次印刷
书　　号　ISBN 978-7-5213-1490-8
定　　价　45.00 元

购书咨询：（010）88819926　电子邮箱：club@fltrp.com
外研书店：https://waiyants.tmall.com
凡印刷、装订质量问题，请联系我社印制部
联系电话：（010）61207896　电子邮箱：zhijian@fltrp.com
凡侵权、盗版书籍线索，请联系我社法律事务部
举报电话：（010）88817519　电子邮箱：banquan@fltrp.com
物料号：314900001

记载人类文明
沟通世界文化
www.fltrp.com